湯の宿の女

新装版

平岩弓枝

角川文庫
16789

目次

湯の宿の女

1

吉月《よしづき》旅館が、その客を迎えたのは八月も末の日曜日の午後であった。

きよ子は、たまたま、自分の受持っている部屋の客が、焼とうもろこしを食べたいと言い出して、湯畑《ゆのはた》のそばで店を出しているおばさんのところへ買いに行って来たところであった。

ロビイの椅子にすわっているその男はうすい茶色のサングラスをかけていたが、きよ子には一眼で、奥村《おくむら》、とわかった。

無意識の中に、きよ子は柱のかげに身をひそめ、彼の横顔を窺《うかが》った。

ひどく痩《や》せが目立った。頬も鼻もそいだようにとがっている。もともとやせぎすな、ちょっと見には蒲柳《ほりゅう》のタイプであった。

「どうもお待たせ致しました。それでは、お部屋へご案内申します……」

同僚のしの子がせかせかと近づいて来て、奥村のらしい黒い鞄《かばん》を取った。

ゆっくりと立ち上がって、煙草をもみ消した指を癇性《かんしょう》らしく払っている仕草も、きよ子の記憶にあるままの奥村信三《しんぞう》であった。

長身の後姿が廊下の角をまがってしまうのを確かめて、きよ子は柱のかげをはなれた。

焼とうもろこしの熱さだけではなしに、きよ子は胸のあたりにぐっしょりと汗をかいていた。

なぜ、奥村がこの宿へ来たのだろう、と思う。きよ子が「吉月」の仲居をしていることを知る道理がなかった。第一、佐藤《さとう》きよ子という女が、この世に存在していることすら、奥村信三の記憶にあるかどうか疑わしかった。

あたしは憶《おぼ》えている……忘れやしない、一日だって忘れやしなかった。

とにかく、焼とうもろこしを萩《はぎ》の間の客に届けて来てから、きよ子は使用人の控え室になっている北側の小部屋へ戻った。

まるっきり日のささない北側の窓へむかって、べったりすわると胸の中に熱いかたまりがふき上がって来た。

別れて、二十三年、経っていた。

むこうは忘れていようとも、きよ子は奥村信三に無関心ではいなかった。忘れようとして、遂《つい》に忘れられなかったというのが本当のところであった。なつかしくて忘れられなかったのではない、憎くて忘れなかったのだ。奥村信三の名は、きよ子にとって憎しみと怨《うら》みと怒りの記憶であった。

「ああ、しんどい、しんどい……」

大袈裟《おおげさ》に腰をたたきながら、しの子が入って来た。部屋のすみでワンピースをさっとぬいで、上半身、まっぱだかでポリエステルのすそよけを腰に巻きつけている。

「二、三日、寒いくらい涼しいと思うと、すぐ、これだからいやになっちまう、年はとりたくないもんね」

しの子には神経痛の持病がある。ちょっと冷えるとてきめんに手足が痛んだり、腰がつらくなったりする。きよ子より二つ、三つ年上だが、老けていて五十くらいにみえる。この「吉月」でも最古参の仲居である。

「ちょっと……おきよさん、あんたの部屋のお客さん、まだ、ひきあげないの」

肌襦袢《はだじゅばん》と浴衣《ゆかた》を一ぺんに羽織って、要領よく前を合わせながらしの子は窓のほうをふりむいた。

「ええ、今月一杯の予定だから、もう四日ばかりね」

「八月の十日からでしょう、子供連れだから大変だったわねえ」

「まあね……」

草津《くさつ》という温泉町は山のふところにあるので、夏はかなり涼しい。温泉としても伝統があるので、湯治をかねての避暑客もぼつぼつあるにはあるが、大半は白根山《しらねさん》見物の団体客であった。二年前に草津から白根を越えて万座《まんざ》へ出る道路が完成して、バス旅行の客がどんどんくり込んでくる。

大体が夕方、到着して夜の温泉町をひやかし、翌朝は六時頃から食事をして七時に始まる湯もみの実演を見物し、そのままバスに押し込まれて白根へ上って行く。「吉月」でも八割までが、そういう団体客だから、日中は旅館中が閑散としてしまう。そのかわり、夕方と早朝のいそがしさは修羅場であった。

冬は、もっぱらスキーの客である。

「ねえ、今日、着いた私の係のお客さんね、絵かきさんなのよ……奥村信三って、ほら、ちょっと前までは、よく週刊誌だの新聞だのの、さし絵描いてたでしょう。古風な顔をした女の絵がうまい人でさ……」

しの子の口から、すらすらと出た奥村の名に、きよ子は体をかたくした。

「あの人、どうも変だと思ったら、眼が悪いんだって……」

「眼が……」

きよ子は、廊下を渡って行った奥村の足許《あしもと》を思い出した。そういわれてみれば、どこかおぼつかなげな歩き方のような気もする。

「全然、見えないわけじゃないのよ。かなり悪いことは悪いけど……部屋の入口の上がりかまちが、少し高くなってるでしょう、あそこへつまずいて……それでわかったのよ」

「お眼がご不自由なんですかってきいたら、老眼でね、なんていってたけど、そんな年じゃあないわね」

きよ子は、胸の中で指をくった。自分より六つ年上だから四十九になっている筈《はず》であった。

(四十九……別れた時は二十七だった……)

三十歳前の青年の稚《おさな》さと激しさを、きよ子は、なつかしく思い出した。その激しさと稚さの故に苦労もさせられたが、反面、それが彼の魅力でもあった。

「その……えかきさん、お一人でいらっしゃったの……」

「そうよ、お一人……しばらく静養させてもらいますっていってたわ」

「静養……?」

「いいわね、いいご身分よ、静養だなんて。私も一生に一度でいいから、そういう言葉を使ってみたかったわ」

しの子は締め終った帯のはしをぽんと叩《たた》くと、すわり込んで足袋《たび》をはきはじめた。

「五十にもならないのに、こんな山の中の温泉へ一人っきりで静養だなんて、奥さん、なんとも思わないのかしらね」

寝そべって週刊誌をめくっていた若い仲居が、はじめて口をはさんだ。聞いていないようで、ちゃんと聞くべきところは耳に入っていたらしい。

「あたいだったら、ぴんときちゃうな、亭主が一人で温泉場へ長逗留《ながとうりゅう》だなんて……」

「そんな柄でもなさそうだけどね」

と、しの子。

「浮気は柄でするもんじゃないわよ。おしのさんも用心しないと、今夜はさびしいなあとかなんとか、情で誘ってころがされちゃうわよ」

自分で言って、きゃっきゃっと笑っている。

「馬鹿おいいでないよ。今に、若くて気のきいたのが、先生きていらっしゃるとかなんとかいって訪ねてくるにきまってるよ。でなけりゃ、奥さんがのり込んでくるか……」

「鉢合せすると面白いねえ。ここんところテレビドラマもつまんないし、どうせのことなら、ノンフィクションで見たいと思ってたんだ……」

同僚の無責任な当て推量を、きよ子は全身をアンテナにして聞いていた。

すでに、さし絵画家として名声も地位も得ている相手であった。家庭には妻があって一男一女に恵まれている。その幸福そうな団欒《だんらん》の光景を、きよ子は一度、或《あ》る婦人雑誌のグラビヤの名士家庭訪問のような写真で見ていた。今から十年ほど前のことである。

その頃、きよ子は箱根《はこね》で、やはり旅館の仲居をしていた。一日中、奥村信三の家族の写真をみつめていて、翌日、暇をとって上京した。住所をたずねて、奥村家のまわりを終日ぶらついてみた。

町角の金物屋で細い刺身包丁を買って風呂敷《ふろしき》に包んで持っていた。買ったときは、はっきりした殺意があったわけでもないのに、奥村家の周辺をうろついている中《うち》に、もし、信三に出会ったら、男のうすい胸に思いっきり刺身包丁を突きたててやろうという気になっていた。

生かしてはおけない……死んだあの子のために……殺してやる……

そう思いつめて一日中、待っていたが奥村家からは、とうとう信三も、その妻も出て来ず、夕方になって出入りらしいクリーニング屋の御用聞きにたずねてみると、家族ぐるみヨーロッパへ旅行中ということで、憑《つ》きものが落ちたように殺意が消えてしまったことがあった。まだ外国旅行の珍しい時代であった。

あの時、もし、奥村信三と顔を合わせていたら、間違いなく、彼を刺していただろうときよ子は考えていた。

そして、十年前の殺意は、今も、きよ子の胸の奥のほうで静かにくすぶっていた。

2

きよ子は用心していた。

吉月は広い旅館だった。木造の本館と平行して鉄筋コンクリートの別館があり、更に渡り廊下づたいに、はなれ家風の幾棟《いくむね》かがあった。奥村信三が滞在しているのは、そのはなれ家の一つであった。

係のしの子の話では、奥村はめったに部屋の外へ出ないという話だった。たまに新館の大浴場へ行く他は、部屋についている湯殿で入浴し、外へ散歩に出るふうでもない。

「眼が悪いからね、出るに出られずよ……」

しの子は、そういって笑っていたが、それでも、きよ子は用心に用心をした。なにかのはずみに奥村と顔を合わせるようなことがあってはならない。

幸い、きよ子の受持は本館の部屋であったから、めったに、はなれ家のほうへ行く機会もなかったのだ。

それでも、きよ子は大浴場の前を通る時とロビイに出る折は、つとめて顔をうつむけ、あらかじめそこに奥村の姿のないことをたしかめてから行動するようにしていた。

　そんなに気をつけていたのに、きよ子のほうから、奥村の前に姿をさらけ出す破目になったのは、九月になって二日目の夜であった。

　その日、きよ子の受持の部屋は長逗留だった避暑客が帰って、そのかわりにふりの客でアベックが一組入った。男のほうは五十がらみ、言葉のはしはしから不動産屋のようなところもみえる。女のほうは二十五、六、キャバレーか、クラブか、とにかくそんな水商売とすぐわかった。

　女のほうは金が目的で誘い出されて来たのに、男が案外のケチで、なかなか話がまとまらないという感じで、部屋へ通った時から、なんとなく雰囲気がちぐはぐであった。

　きよ子のほうも、こういう客に馴《な》れていてお茶とお菓子を運んだり、あとは呼ばれるまで、座敷へ顔を出さないようにしていた。

　それでも、六時になって夕食の膳《ぜん》を運んで行くと男と女は、いっしょに風呂《ふろ》へ入って居て、ふざけ合っている声まで聞こえる。

　きよ子は、それで話し合いがついたものと思い込んでいたが、夕食後に二人で散歩に出かけ、帰ってきたのは女が一足先だった。続いて、男があたふたと戻って来た時には、女は着がえをすませ、さっさとタクシーを呼び、吉月旅館を出て行ったあとであった。

「お金の交渉がまとまらなかったらしいけど……男は結局、女にどたん場で逃げられたわけでしょう……なんともお気の毒さまな顔して廊下に突っ立ってたわよ」

たまたま、目撃した若い仲居の知らせで、きよ子はいそいで部屋へ行った。

男は所在なくビールをのんでいた。その目の前には、先刻、男衆が敷いた夫婦《めおと》布団が、枕を並べている。

きよ子が枕許《もと》へ水差しとコップをおいて、挨拶《あいさつ》をすると、

「つれは、ちょっと用事が出来て帰ったんだよ」

と男のほうから弁解をした。

「さようでございますか、それはまあお一人でおさびしゅうございますね」

さりげなく、きよ子がお愛想をいって立とうとすると、

「まあ、酌を一つ、たのむよ、一人で飲んでも味けないもんだ……」

コップを突出されると、すげなく断わるわけにも行かない。お酌をしながら、客の話相手になっていると、いきなり手首をつかまれた。

そのまま、力まかせに引きよせておいて、

「おい、いいだろう……チップははずむぜ」

耳許に、にやにやささやいた。

長年、旅館で働いていると、こういう客も決して珍しくない。きよ子はあわてなかった。軽く相手の手をふりはなしておいて、冗談はいけませんよ、と笑ってやると、大抵は脈がないとみて、それ以上は無茶をしない。

ところが、今夜の客は大層な野暮であった。

払っても払っても、裾《すそ》だの、足だの、袖《そで》だの、手あたり次第に摑《つか》みかかってくる。とうとう、きよ子も本気になって抵抗しないと間に合わなくなってしまった。

息も出来ないほどに組み伏せられ、押し倒されたのをもがき抜いて、入口からは逃げられず、ちょうど開けはなしていた窓から庭へとび出した。それでも、男が追ってくるような気がして、庭を走って行くと、水銀灯の下に男が立っていた。

奥村信三であった。

声もなく、きよ子は立ちすくんだ。

「どうかしましたか……」

サングラスの顔がふりむいて、きよ子は灯《あか》りから顔をそむけた。

「は……いいえ……」

かすれた声が漸《ようや》く返事にならない返事をした。水銀灯の光の中で、あらためて自分の姿をみると、袖はほころびているし、帯あげも衿《えり》もとも、たった今しがたの乱暴狼藉《ろうぜき》の跡をはっきり物語るような乱れ方である。

きよ子は若い娘のように頰を染め、あわてて身づくろいをした。

「すまないが、私を部屋まで案内してくれませんか、うっかり庭へ出たのはいいが、帰りの足許が危なくなった……」

苦笑が奥村の頰に上っている。きよ子は相手をみつめた。サングラスの奥の視力のよわった眼に、きよ子の惨澹《さんたん》たる姿は映らないもののようであった。おぼろげに見えているだろうきよ子の顔にも記憶がないらしい。

（私だと、わかっていない……）

きよ子は安心し、すぐそれが又、憎悪になった。二十三年前、あれほど、ひどい仕うちをした女のことを、まるっきりおぼえていない男の薄情さに対する怒りである。

が、心とうらはらに、きよ子は親切に奥村を部屋へ案内した。案内だけして、逃げるように控え室へかけ戻った。

旅館の仲居の立場では、いくら客が不埒《ふらち》を働いたからといって、そのままほったらかしにするわけに行かない。翌朝、きよ子は同僚の仲居に事情を話して、二人で朝食を運んだ。

こういうことには馴れていて、おたがいに助け合うのがいつもの例である。

客は昨夜のことなど、どこ吹く風だった。酒に酔って、自分のしたことはおぼえていないという顔をしている。

「あきれた、面の皮の厚さね、だから、キャバレーの女にまで相手にされなかったのよ」

いっしょに来てくれていた千代子《ちよこ》という仲居が、朝食の後片づけをして部屋を出ると、すぐ、きよ子にささやいた。

その厚かましい客が十時のバスで帰ってしまうと、

「おきよさん、ちょっと私の部屋へ来てちょうだいな」

女主人の飯田里子《いいださとこ》が、自分からロビイまで出て来て呼んだ。

里子の居間は、彼女の好みで大きく炉を切ってあり、天井から自在鉤《かぎ》が下がっている。

「急に涼しくなったわねえ」

まだ火の入っていない炉端の冷えを避けて、里子はあけはなした障子ぎわへすわった。

「昨夜、お客に悪さされかけたんだって……」

煙草の火をつけて、煙の中から笑った。もう、千代子が報告している。

「あんた、若いんだよ。そうやって男からふざけられるのは……」

里子は微笑で言っていたが、きよ子には返事のしようがなかった。いい年をして、すきがあるから男につけ込まれるのだといわれているようである。

「あんた、いくつになったの……」

「はあ……」

「四十には、まだ間があるんだっけ……」

「いいえ、とんでもない」

「そう……そうだったかね」

ふっと考え込むようにして、里子は机の上の手紙を取った。

「あんた、結婚する気ある……？」

藪《やぶ》から棒《ぼう》で、きよ子は唖然《あぜん》とした。

「おぼえてるでしょう。この夏、子供さん二人つれて、四、五日滞在なさった埼玉のお客さん……」

「はあ……」

きよ子が部屋の係だった。

二年前に妻に死なれて、男手で二人の子を育てているという話だった。大宮市で電気商をしている。

「あのお客さん……榊原《さかきばら》さんというのだけれど、あんたが気に入って、身許を問い合わせて来たんだよ」

「むずかしいことじゃないのよ。要するにあんたが正真正銘の独り者かってこと……」

「身許……？」

「………」

「正式には戸籍謄本でもとりよせることになるんだろうけど、とにかく、むこうさんは、あんたに一度、逢《あ》いたいというんだよ」

きよ子はうつむいた。奥村信三とは同棲《どうせい》であって、結婚までたどりついていない。きよ子の戸籍はその意味では汚れていないのだ。

「そりゃあね、あんたにしたって、その器量で、その年まで旅館で働いているのだから、なにかないと思うのが間違いよ。でもね、むこうさんだって過去があるんだし、二人の子持ちだし……その点では五分五分よ、なにも、びくびくすることはないわね」

女主人は、きよ子の無言をそんなふうにとったらしかった。

「とにかく、いやでなかったら一ぺん逢って話をしてみなさいよ。あんたって人はみかけが若いから、自分でもつい、年のことは考えてないんだろうけど、四十すぎて、こういうところで働いているのじゃ、心細いと思うのよ。チャンスじゃないの……ね」

里子の勧めに、結局、きよ子はあいまいにうなずいた。

3

榊原という大宮の電気商の記憶は、悪いものではなかった。

子供は中学三年の男の子と、小学校五年の女の子だった。二人とも、おとなしく、ききわけのいい子だった。

父親も善良そうな、さっぱりした性格のようにみられた。滞在中、子供達に母親がないのを知って、きよ子はなにかと気をつけて面倒をみたのが、相手に気に入られたのかも知れなかった。

それにしても、後妻にのぞまれるとは夢にも思っていなかったことである。

一人になって、きよ子は女主人の言葉の意味をぼんやりと考えた。

(あんたって人は、男に誘われやすいんだねえ……女からみると一つも色っぽいと思わないんだけど、男の見る眼って違うんだろうか……)

里子は冗談らしく笑って言ったのだが、その言葉の裡《うち》に、はっきりと軽侮がひびいていた。

たしかに、「吉月」へ来てからも、きよ子は泊り客からちょっかいを出されることが多かった。昨夜のような滅茶苦茶な客は珍しいとしても、夕食の給仕をしていて、今夜、どうかね、などと半ば冗談めかして誘いをむけられるのは始終であった。

自分の体に、そういう油断というのか、自堕落な、なまめいたものがあるのだろうかときよ子は、いつも気をひきしめ、身じまいにも立居振舞にも注意しているのだが、結果は同じことだった。

（いい年をして……）

と同僚が、かげぐちを叩《たた》いているのも知らないではない。

きよ子は鏡をのぞいた。天性の色白でふっくらした下ぶくれの顔である。童顔だから、年齢より五つ、六つは確実に若くみえる。

結婚していないし、子供もないことが一層、気分的にもきよ子を若くしていた。苦労しているのに、苦労が翳《かげ》にならないのは、お人好《ひとよ》しで楽天的な性格のせいだろうか。

それにしても二十や二十二、三の女ではあるまいし、男に色気を出させるというのは、どこかみだらなものを、自分が持っている故《せい》だろうと、きよ子は悲しかった。

そう言えば、十八の年に始めて奥村と他人でなくなった夜のことも、後になって、奥村は、

「あれは、お前からそうなるようにもちかけたのだ……」

と言っていたが、或《ある》いは知らず知らずの中《うち》に、十八歳の自分が男を誘っていたの

かも知れないと、きよ子は唇をかみしめた。

その頃、きよ子は東京の向島《むこうじま》にいた。

母は芸者で、祖母は髪結いをしていた。今でいう美容院ではなく、日本髪が専門であった。腕がよくて、新橋《しんばし》や柳橋《やなぎばし》からも日をきめて呼び出しがあった。

きよ子の父は軍人だったとかで、無論、本妻も子供もあり、母は日蔭者《ひかげもの》の立場であった。きよ子を生み、籍は祖母の子として届けた。

だから、母ときよ子とは戸籍上は姉妹になっている。

きよ子は、芸者になるつもりはなかった。色街に育ったのに、色街の雰囲気が嫌いで、祖母にせがんで女学校へ進んだ。稽古《けいこ》事は舞踊も三味線も鳴物も、なに一つ、しなかった。

もともと、経済的にもきよ子を芸者にして稼がせる必要はまるでなかったので、当人が嫌いなら、祖母も母も、むしろきよ子の進学には協力的だった。

ただ、きよ子が十五の正月に、祖母がはじめて髪を結綿《ゆいわた》に結ってくれながら、

「この子、もし芸者になっていたら、菊竜《きくりゅう》さん以上の売れっ妓《こ》になったかも知れないね」

とぽつんと呟《つぶや》いたことがあった。

菊竜というのは、当時、新橋で一番の流行《はや》りっ妓《こ》で、時の内閣の外務大臣と、高名

な実業家と能楽の家元と三人が彼女の愛を競った結果、能楽師の妻となった女である。

花街を嫌っていたが、花街に育って早熟な娘だった。十五、六の時は、もう立派な女の躰《からだ》をしていた。

そんな彼女を、母のパトロンの一人だった画家のAがみて、着衣のままでいいからモデルになってくれとたのまれて、週に一度ずつ、Aの画室に通っている中《うち》に、Aの美術学校での生徒である画学生たちと親しくなった。

みんな芸術家の卵らしく、懐中は素寒貧でも意気軒昂《いきけんこう》として、集まれば芸術論に熱をあげている。そんな画学生といっしょになって彼らの話を聞いているのが、その頃のきよ子にとって、なによりも楽しかった。

彼女はこづかいに不自由しなかったし、Aも、モデル料のかわりに、なにかにつけて、

「電車賃だ」

とか、

「好きなものでも買いなさい」

とかなりの金を渡してくれたので、きよ子は、時にはみんなのスポンサーになって、屋台のやきとりとかおでんとかをおごるときもあった。

「きよちゃんは、俺たちのマスコットだ」

「可愛い魔女か」

などと若い画学生にちやほやされて、きよ子は自分の青春がバラ色に染まるのをみた。

すでに中国との戦争が始まっていた時代でもあった。ニュースは戦勝に湧き立っていても、若い男たちの間には、いつ、召集令状がくるかも知れないという不安が底辺にあって、それが刹那《せつな》的に青春を謳歌《おうか》していた。

きよ子が奥村信三を知ったのは、彼がAのところへ個人教授をうけにくる画学生の一人だった故《せい》である。

きよ子がスポンサーになって、みんなをおでん屋へ誘った時、彼は一度だけついて来て以来、二度と加わらなかった。

「奥村さんもいらっしゃいよ」

なんの気もなく声をかけると、彼は苦い顔をして首をふった。

「どうして……？　用事があるの」

「いや……」

「じゃ、いらっしゃいよ。かまわないでしょう」

「とにかく、僕はごめんだ。娼婦《しょうふ》のおもちゃになるのは真っ平だ……」

「知らないのか、あの連中が、君のことを聖なる娼婦といってるのを……」

「どういう意味なのよ、それ……」

娼婦というのが、なにをする女なのか、きよ子も知識としてだけは知っていた。

「コケットリイということだろう」

ずばりといわれて、きよ子は全身を熱くした。

「私のどこがコケットリイなのよ……教えて……ねえ、いってちょうだい」

むきになっていうきよ子へ、奥村は冷たく吐き捨てた。

「ちやほやされて、いい気になるな。素人の娘でもあるまいに……」

きよ子は心の底まで蒼《あお》くなった。

Aのところへ来る画学生達は、大体、きよ子の素性を知っていた。知っていて、あからさまにいうことは避けていた。

それを、奥村信三は情容赦もなく、ひきめくったのである。

あんな奴は無視してやる、ときよ子は思った。奥村などを相手にしなくとも、きよ子とつき合ってくれる画学生はいくらでもあった。

彼女を美しいと賞《ほ》め、可愛いと甘やかしてくれる仲間と、今までのように話したり、食べたりしていればよい。


「娼婦……？」

しかし、奥村に「聖なる娼婦」と呼ばれていると暴露されてからは、いくら彼らがちやほやしてくれても、一向に心がはずまなくなってしまった。おごっていても、心が空しくて、男たちの会話からいつか、のけものになっている自分を見出《みいだ》して、一層、心が冷えるのだ。

きよ子は、いつの間にかAの画室へ行くことを止めてしまった。

半年ばかりして、きよ子は街頭で奥村と逢《あ》った。

たまたま、銀座《ぎんざ》の町角で国防婦人会の人々が千人針を呼びかけているのに、きよ子も足を止めて、一針を縫って歩き出そうとすると、目の前に立ちふさがった男が奥村であった。

「あら……」

きよ子が顔をこわばらせたのに対して、奥村は人なつっこく微笑した。

「今、そこで千人針を縫ってたでしょう……どうして、あんな無駄なことをするんです」

「無駄……？」

「あんなもので、弾丸がよけられると本気で考えているんですか……」

「だって……なにかに出てましたわ、たしかに、敵弾に当って倒れたのに、気がついてみたら、どこも怪我をしていなくて……千人針の腹巻をほどいたら弾丸が出て来たって……」

「つくりばなしですよ、そんなの……」

ことをなげに笑って、奥村はきよ子と肩を並べて歩き出した。肩を並べてといっても、小柄なきよ子の肩は、奥村の胸のあたりにしか届かない。

「今日は、どこへ行くんです……」

「どこって、銀座へ買い物に来たんです」

「買い物、すんだんですか」

「ええ……」

「これから、どこか行くあてがあるんですか」

「いえ、別に……」

「だったら、僕の下宿へ来ませんか」

「あなたの下宿……」

「みせたいものがあるんです……さあ……」

目の前にバスが止った。奥村にうながされて、つい、きよ子はバスのステップを踏んでいた。

強引なものが、きよ子を遮二無二、ひっぱって行くような感じであった。

奥村の下宿は品川であった。

安アパートのような建物である。部屋は六畳に三畳ぐらいの板敷がついている。板敷のほうは画材やらスケッチやら、絵具やらが雑然とちらかっている。

まん中にキャンバスがたてかけてあった。出来上がった油絵がかかっている。女の顔が、荒いタッチでかかれている。きよ子であった。

「似てないが、似てるんだ……」

そんないい方で、奥村は絵ときよ子とを一瞥《いちべつ》し、部屋の中央にすわった。

「近頃、A先生のところに現れないそうですね」

絵をみているきよ子の背中にいう。

「行く必要がなくなったからよ」

事実、モデルの役目は終っていた。

「行かんほうがいい……あんたみたいな人は早く、男をみつけて嫁に行くんだな」

そのいい方が、癪《しゃく》にさわった。

「どうして、行ってはいけないんです。大きなお世話じゃないの」

「画学生を物色しても無駄だからな。とてもあんたの歯の立つ相手はいない……」

「失礼ね、そんないい方……」

「そうかな……画学生の恋人でも出来たんじゃないだろう……」

「知らないわ」

「画学生なんか好きになったって駄目だよ。苦労するだけさ……」

「好きで苦労するなら、かまわないわ」

「いるのか、好きな奴が……」

きらっと奥村の眼が光った。

「知らないわ、答える必要ないでしょう」

きよ子はそっぽをむいた。無論、そんな相手がいるわけはない。

「誰なんだ……」

急に奥村の声が変った。

「一体、誰に惚《ほ》れたんだ……え、おい……」

ふりむくと、奥村はきよ子の背後に近々と立っていた。怖いような顔が目前に迫って来て、きよ子は狼狽《ろうばい》した。

「誰にって……」

くちごもって、冗談らしく言った。

「あなたよ……」

冗談のつもりであった。そのまま笑ってごま化してしまう気だった。

あっと思ったのは、奥村の手がきよ子の肩を摑《つか》んだからである。男の体臭がきよ子の顔に、かぶさり、首をふったが避けられなかった。唇にかみつかれたような接《せっ》吻《ぷん》だったが、きよ子の体は、すぐに溶けた。

重くかぶさって来た男の体の下で、きよ子はきれぎれに、奥村を好きだったのだと思った。

その時は、どういうわけか、奥村は行為を途中でやめてしまった。

「君が……かわいそうになったんだ……」

という、彼の釈明に、きよ子はすっきりしなかった。

下宿を出て、家へ帰ってからも、きよ子はそのことばかりを考えていた。はじめてのことで、行為が途中で終ったことがよくわからなかった。体がはなれた時、奥村が棒のようになっているきよ子に、

「君……まだ、バージンなんだぜ」

とささやいたことで、それと悟っただけのことである。色街育ちだから、経験はなくとも、耳学問だけは知らない間に入っている。

どうして、奥村が目的を遂げなかったのか、きよ子には合点が行かなかった。

（もしかしたら、私が、変なのかも知れない……）

その思いつきが、きよ子を苦しめた。

三日ばかり経って、きよ子は自分から奥村の下宿へ出かけた。

奥村は留守だったが、きよ子は合鍵《あいかぎ》をもらって来て、さっさと部屋へ入り、掃除

をし、洗濯もした。台所の小さな鏡を使って化粧直しもして、奥村を待った。

彼が帰って来たのは、十時すぎであった。戸をあけるなり、彼は部屋中をみまわし、きよ子をみると、何も言わずに近づいて抱きすくめた。

「待って……」

彼の手が身八つ口にすべり込んだ時、きよ子はありったけの勇気をふるって言った。

「帯をとくわ、私……」

その日、きよ子は和服で来ていた。

生れてはじめて、男の部屋へ泊って、きよ子は自分が完全に奥村のものになれたのかどうかを何回となく、確かめた。そして、安心して眠った。

4

「吉月」の女主人が連絡してくれて、大宮の榊原からの返事がすぐに来た。

家族には、もう話してあるから、とにかく、大宮の店をみてもらいたい……そのほうが、口で説得するより早くわかることだから……一日、休みをもらって大宮へ来てくれないだろうか、ということであった。

「ざっくばらんでいいじゃないの。こういうことは急ぐもんだよ。先方の気の変らない中《うち》にね……そら、善は急げっていうじゃないのさ」

女主人にせかされて、きよ子は二日先の金曜日に大宮を訪ねることになった。

里子が電話連絡をしてくれたので、大宮の駅へついてみると、榊原が改札口に出迎えていてくれた。

小ざっぱりした単衣《ひとえ》に角帯をしめている榊原は旅館の浴衣《ゆかた》を着ていた時にくらべて、ずっと若く、男前にみえた。

「えらい厚かましいことを言って、あなたに軽蔑《けいべつ》されやせんかと、心配しとったんですよ」

彼が照れているので、きよ子も年甲斐《としがい》もなく面映《おもは》ゆかった。

店は大宮のメインストリートにあって、大きくはないが、しっかりした造作であった。

気のきいた店と、住まいとが中庭でつながれている。店員は通いの青年が二人と番頭格の老人が一人、住まいのほうは家政婦が子供の世話までしている。

店と住まいをみせてもらって、きよ子は榊原と店の車で大宮の郊外にある魚専門の料理屋へ食事に行った。

榊原は、あまり酒が強くない。旅館に子供たちと滞在していた時もビール一本が限度だったが、今日もお銚子《ちょうし》二本で赤くなった。

「今まで不自由を承知で再婚を考えなかったのは、子供達がかわいそうだと思ったからなんです……男は外で道楽をしても、まぎらわすことが出来るが、もし、新しい女房を迎えて、子供とうまく行かなんだら、とりかえしがつかんと思って……」

実直を丸出しにして、榊原は話した。つまり、草津から帰って来て、二人の子がひどくきよ子を慕っていたというのである。

「はじめは下の娘が、なにかの折に、あんな人がお母さんならいいな、と冗談らしく言ったんですよ。そしたら上の息子までが賛成し出して……」

榊原は、しきりと頰をなでた。

「勿論《もちろん》、子供達が言い出したから、その気になったんじゃありません。こういってはなんだが、はじめてお世話になった時から、あなたに好意を持っていたんです……」

素直な愛の告白に嫌味がなかった。

「私のようなものを、そんなにおっしゃって下さって……もったいないような気が致します……」

きよ子はうつむきがちに、自分の家族について語った。祖母も母も戦災死していたが、その職業もつつまず、話した。

「なるほど、それで、あなたのような女《ひと》が独《ひと》りでいらっしゃる理由がわかりましたよ」

　榊原は、せっかちに言った。母親が芸者だったために、きよ子が結婚しそびれたと早合点してしまったらしい。

「それに、あなたの結婚適齢期には、ちょうどいい年頃の男たちが戦争にとられて……婚期を失う人が多かったんですよ」

　きよ子の話に、榊原は勝手に理由をつけ加えた。

「あなたのお母さんがどんな職業であろうと、あなたの出生がどんなものであろうと、私のほうはなんともないですよ。とにかく、私が来てもらいたいと思っているのは、今のあなたなんですからね、私のほうにも親はなし、面倒なことを言う親類もありませんから、その点は安心して下さい」

　話が、もうまとまったように榊原は喜んでいた。きよ子は奥村のことを話す機会がなくなった。

　草津へ帰ってくると、追いかけるように大宮から電話がかかって、きよ子の意向を確かめて来た。

「申しわけございませんが、少しの間、考えさせて下さいまし」

　きよ子の返事に、榊原は落胆しながら、その慎重さに感動もしていた。自分のほうの戸籍謄本と健康診断書を送るから、みてもらいたいということであった。

返事を一週間ほど待ってもらって、きよ子は電話を切った。

「迷うことないじゃないの。棚からぼたもちみたいな話だのに……」

女主人の里子には、そんなきよ子が歯がゆさそうであった。

控え室へ戻ってくると、しの子がとんで来た。

「あんたの帰るの、待ってたのよ。私の部屋のお客さん……ほら、眼の悪いえかきさんがね、あんたにお礼がいいたいから一度、連れて来てくれって……夜、庭へ出て帰れなくなっているのを、あんたに連れて来てもらったでしょう……」

しの子は意味ありげに笑い声をたてた。

「あのお客さんも、あんたにふらふらっと来た組かも知れないわよ、あんたのこと、名前なんてんだって……」

きよ子は、どきりとした。

「大丈夫よ。本名なんか教えるもんですか」

きよ子の胸につけてある「染子《そめこ》」のバッジをみて、しの子は又、笑った。

「吉月」では、女中の名は全部、変名であった。本名では、なにかと差支えがあるので水商売の女のように、いい加減な呼び名をこしらえておくのである。

きよ子の「吉月」での名前は染子であった。客の前では同僚も女主人も、

「染子さん……」

で通している。

着がえをして、奥村信三の部屋へ急ぎながら、きよ子は不安であった。

(もしかすると気づかれたのかも知れない)

と思った。眼も悪く、夜のことだからとたかをくっていたが、やっぱり気づいて知らぬ顔を装っていたとも思える。

しかし、それは杞憂《きゆう》であった。

「ごめん下さいまし、染子でございますが……」

と挨拶《あいさつ》したきよ子に対して、奥村はていねいに、いつぞやの夜の礼をのべた。それだけであった。

気負い込んでいただけに、きよ子は突き放されたようであった。

そのかわりのように翌日、女主人の里子から相談をもちかけられた。

「困ったことが出来たのよ。しの子さんの受持の部屋の、奥村さんってお客がね、あんたを気に入ったかして、是非、部屋付きにしてくれとおっしゃるのよ。それでね、あんたが近く結婚することも話して断わったんだけど、どうしても一日だけでもってしつっこいのよ」

「かまいません」

すらすらと返事が出た。

「しの子さんがよろしければ、一日だけ受持たせて頂きます」

「そんなことといったって……変な真似でもされてごらん、せっかくいい縁談がきまりかけてるのに……」

「大丈夫です、今までだって大丈夫だったんですし……そんなことのないように注意しますから」

「それでもね、君子危うきに近よらずっていうじゃないの」

女主人はしぶっていたが、結局、きよ子は大丈夫で押し通した。

朝食はすでにしの子があげさげしておいたので、きよ子は午後からお茶を持って部屋へ行った。

「君、白根へ行ってみたいのだが、案内してくれたまえ……」

いきなり、奥村が言った。

「これでも絵描きのはしくれなのでね。せめて、うすぼんやりとみえる中に、白根をみておきたいのだ……」

タクシーを呼んで二人は出かけた。

草津は晴れていたのに、白根の灰色の山がみえるあたりから、霧がうすく流れはじめた。

「山の天気はあてにならんですね。上ってもお釜《かま》はみえないかも知れませんよ」

運転手が言ったが、奥村はそれでも上ってみると言い張った。

夏の間は観光客で混雑した山も、九月に入ってめっきり人足《ひとあし》が減っている。十月の紅葉を迎える前の、小さなエアーポケットの季節であった。

ざらざらと岩がくずれる山の道を、きよ子は奥村の手をひいて登った。ぼつぼつ霧がふえて来て、頂上で、噴火口の中にたまった蒼《あお》い水の、いわゆる白根のお釜を見物していた客もぞろぞろと下山して行く。

こんな霧の状態で上って行くのはきよ子と奥村ぐらいのものであった。それでも頂上にたどりつくと、お釜はまだ、うっすらと蒼い水面をみせていた。不気味な青緑色である。

「もっと近くで水の色をみたい……お釜のふちに下りられるところがあった筈《はず》だね」

奥村の要求で、きよ子は頂上からお釜のふちへの斜面を下りた。そこからのぞくとお釜の水は真下であった。

奥村はふちに立っていた。みえるのかみえないのか、じっと立っている。霧がぐんぐん濃くなっていた。きよ子の足許《あしもと》も奥村の周囲も白く霧が渦を巻いている。すでにお釜の蒼はみえなくなっていた。

「あの、帰りましょうか……霧がすっかり濃くなってしまって……」

声をかけたが、奥村はふりむきもしない。その背中をみつめていて、きよ子は慄《りつ》然《ぜん》とした。

奥村と同棲《どうせい》して、はじめての子をみごもった時、産むな、と命じた奥村の背がそこにあった。

堕胎が法律で禁じられている時代であったが、金さえ積めば、なんとかしてくれる闇の医者がいることはいた。きよ子は奥村の命令で、二年の中《うち》に三度、その医者の門をくぐった。三度目には手術に失敗して、命はとりとめたものの、二度と子供を産めない体になってしまった。その悲しさを泣く泣くきよ子が訴えたときも、奥村は背をむけたきりであった。

昭和十九年の十一月、日本本土がマリアナ基地からの米軍の空襲をうけるようになって間もなく、奥村はきよ子に別れることを強制した。きよ子が泣いても、すがっても、そむけた背は冷たかった。

家出同様にして出てしまった親の家には帰りにくかった。きよ子は女学校時代の友人の家が神田《かんだ》で旅館をしているのを頼って、当分そこで働かせてもらっていた。折をみて帰るつもりの家が、空襲で焼け、逃げおくれた母と祖母が焼死した。

それからきよ子の流転が始まったのである。

霧は更に濃くなっていた。

すぐ近くにいる奥村信三の背さえ、うっすらと霧に巻かれていた。

「突き落としたかったら、突き落としていいんだよ」

霧の中から奥村の声がきこえた。

「君が手をのばして、一突きすれば、僕の体は間違いなく蒼い水の底へ落ちる……」

低く、奥村が笑った。

「心配はいらない、僕が旅館へおいて来た鞄《かばん》の中に遺書がある。もともと死ぬ気だったんだ……画家が失明したら、なにが残る……僕の眼は医者から見放された。その道の権威である医者から手術しても治らんと宣告されたんだ……君は僕の背を突きとばしたあと、霧の中で僕を見失ったといえばよい……遺書があるのだ……誰も、君を疑いはしない……」

「あなた……ご存じだったんですか、私のことを……」

わなわなときよ子は慄《ふる》えた。

「知っていて草津へ来たんだ。昔の画学生仲間が、君に似た人を草津の吉月という旅館でみかけたときいて……訪ねて来たんだ……宿へついてロビイで休んでいる時、君は柱のかげに立っていた……」

「眼が……眼がおみえになるんじゃありませんか……」

「みえるものか……一日一日とみえなくなっている。医者の宣告した通りさ。ただ、君だけはわかる……どこにいても……わかったんだ……」

奥村の体が霧の中で揺れていた。きよ子が突きとばさなくとも、そのまま釜の底へ落ちて行きそうな頼りなさであった。

「君と別れた時……あれが僕の地獄だった。戦争はどん底へ来ていた。召集されることもわかりきっていた。画家としての夢もつぶれていた。不安とやり切れなさが君の体だけを求めた。君を抱いている時だけ、地獄から目がそむけられた。その結果が君の体をめちゃめちゃにした……そうと知って、君を抱いても地獄になった。つらかったんだ……苦しかった……地獄の底でのたうっているのが我慢出来なくなったんだ……」

「卑怯《ひきよう》よ……」

きよ子は叫んだ。

「私を捨てて、あなたは地獄から這《は》い出したかも知れない。捨てられた女はそれっきり地獄をのたうって生きて来たわ」

「俺も同じだった、地獄の底から這い出ることなんか出来なかった……君と別れて出征して……外地へ送られて発病した。あのまま死ねたら、まだしも救いだった……」

「それだって……あなたは流行画家になったわ、さし絵を描いて……有名になって奥さんをもらって、子供さんも出来て……、私、知ってます」

「地獄だったんだ……それでも地獄だった……妻をみれば、君のことを思った、子供をみると、君に産ませなかった子のことを思った、地獄だったんだ……」

「嘘……信じないわ」

「信じなくっていい……俺だけのことなんだ……俺一人のことなのだから……」

奥村の体が霧にとけ込みそうであった。溶けたまま釜の底へ落ちて行きそうである。

「あぶないッ」

夢中できよ子は奥村の帯を摑《つか》んでいた。ずるずると釜のふちからひきずった。

「きよ子……」

奥村の腕がきよ子を抱いた。霧の中で奥村の唇がきよ子の顔を胸を首筋を這った。

抱き合うようにして、霧の中から出て来た二人を、麓《ふもと》で待っていた運転手は、ほっとして迎えた。

「あんまり、帰って来なさらないから、心配でね……よっぽど探しに行こうかと思ってたところですよ」

その夜、きよ子は奥村の部屋に泊った。

「お前の幸せを、これで二度、駄目にしてしまった……」

きよ子の首を締めつけながら、奥村がささやいた時、きよ子は涙のたまった微笑で応《こた》えていた。

「わかったのよ。こうやって、あなたに抱かれてみて……私たちの前には、やっぱり地獄しかないってことが……」

眼を閉じて、きよ子は最後の地獄に、全身で愛の旋律をかなでた。

翌日の正午すぎて、草津の湯畑附近を見物していた団体客は、吉月旅館の前に止まっているパトカーに目を止めた。

それは、こののんびりした湯の町にひどく似つかわしくなかった。

物好きなのが、旅館の前まで行って聞いて来た。

心中、というささやきが、やがて湯畑の周辺から小波《さざなみ》のようにひろがっていった。

十二年目の初恋

1

横浜の元町《もとまち》は、夜が早い。

七時になると大方の店はがらがらと表戸をしめてしまう。

エルザ帽子店も七時が閉店時間であった。

「ご苦労さん、早くお帰りなさい……」

戦前から横浜でこの店を経営している主人は、中国人だったが、奥さんは日本人で、人柄のおだやかな、さっぱりした夫婦であった。

「全く、いやになっちゃうな。土曜日の夜だってのに、誰からも電話がないんだもの……」

店の奥にある帽子工房の机の上にひろげたウエディングハットの材料をそそくさと片づけながら、文野《ふみの》秋子《あきこ》がやけっぱちな声を出した。

この工房では三沙《みさ》と同じく二十四歳、ミスとしては一番の年長であった。

「三沙ちゃん、あなた、デイトの約束あるの。今夜……」

「いいえ……」

オレンジ色のマニラ麻の帽子へ同色のリボンをとりつける手を休めずに、三沙は首をふった。

「どう、今夜、あたしといっしょに行かない。ボーイハントに最高の店みつけたのよ」

コンパクトで鼻の頭を叩《たた》きながら、秋子が誘った。

「あたしは……今夜と明日で、妹のウエディングハットを作りあげなけりゃならないし……ごめんなさい……」

リボンをとじつけた針を抜き、糸玉を作った。

「妹さんの結婚式、いつ……」

「月曜日なの」

「そう。とうとう、お先にゴールインね。妹さん、いくつ……？」

「二十一よ」

「ちょうど、いい年齢ね。三沙ちゃん、わびしくないの」

「わびしい……？」

「妹さんに先を越されて……」

「仕方がないわ。これぱっかりは縁ですもの」

「長女って損ね。どうしたって家の事情や、親の事情に左右されちゃうんだもの……

二番目は気らくよ」

ハンドバッグの口金を乱暴にしめて立ち上った。

「じゃ、お先に……」

秋子が工房を出て行くのがトップで、四人いる女店員の中、三沙をのぞく全部が次々とマスターに挨拶《あいさつ》して帰りかけた。

その時、電話が鳴った。マダムが出ている。

三沙も作り上げたオレンジの帽子を棚へおさめ、机のまわりの掃除をはじめた。工房の掃除は交替という約束だが、要領のいい秋子は、いつも先へとび出してしまって、三沙へ後片づけを押しつける。三沙が苦情をいわないのを幸いに、近頃ではそれが習慣になってしまっていた。

「おやまあ、又、お掃除は三沙ちゃんね」

工房の入口の玉すだれをあげてマダムが顔を出した。

「ちょっと、やりかけの仕事があったものですから……」

「いつでも、貧乏くじで気の毒だけど、帰り、いそぐ……?」

「いえ、別に……」

「そこのグランドホテルへ篠崎《しのざき》さんのお嬢さまがいらっしゃるの、出来上がっているお帽子、そちらへ届けて欲しいとおっしゃるのだけど……」

「はい。ホテルのどこへお届けしたらよろしいのでしょう」

「ロビイとおっしゃってたわ。いそがなくていいのよ。今、伊勢佐木町《いせざきちょう》にいらっしゃるそうだから……」

篠崎和子《かずこ》はエルザ帽子店の得意客である。

父親は鶴見《つるみ》で大きな総合病院を経営しているとかで、一人娘が贅沢《ぜいたく》に育った感じの娘であった。短大の一年で、よく言えばのびのびしているし、悪くいえばわがままであった。帰りの仕度をして、三沙は大きな帽子箱を抱くようにして店を出た。

元町を抜け、川を渡って左へ行くと右側がすぐ山下公園で、港へ続いている。

港には外国船が入っているらしく、赤や黄の灯が夜の海に散りこぼれていた。

グランドホテルの玄関を、三沙は少し気遅れしながら入った。

ロビイにはきちんとネクタイをしめた男たちや、豪華なドレスの婦人たちがゆったりとソファにくつろいでいる。

一回の夕食に二人で一万円が何枚も消えてしまうような生活は、三沙にとって無縁であった。

ロビイを見まわしたが、篠崎和子の姿はどこにも見当らない。伊勢佐木町からまだ着いていないのかも知れないと三沙は考えた。

「君……失礼だが……上町《うえまち》さんじゃないかな」

不意にソファの一角から立ち上がった青年が三沙の前に立った。

「上町三沙ですけど……」

ためらいがちにむけた視線へ、青年は、はにかんだ微笑を浮かべた。

「やっぱりそうだった……僕、古田亮《ふるたりよう》ですよ。おぼえてないかな、小学校で……ずっといっしょだった……」

「ああ……」

と三沙は思わず声をあげた。

「亮ちゃん……」

「三沙ちゃん……なつかしいなあ」

三沙は頬を染めて、このすばらしい長身の青年に成長した十二年前の級友を眺めた。

生れてから小学校の六年まで、三沙の一家は東京の雑司《ぞうし》ケ谷《がや》に住んでいた。

古田亮は三沙と同じ町内であった。年齢は一つ上だったが、三月生れの三沙とは、同じ学年である。一年の時、席が隣だったこともあって、ずっと仲良しであった。

「横浜へ引っ越して行ったってきいたけど、それっきり、手紙もくれないし、どうしているかと時々、思い出してたんだよ」

片すみのソファに並んでかけながら、亮は昔と同じ口調で言った。

「あの時は、あんまり急で……春休みだったのね。あなたが伊豆《いず》の別荘へ行っていらっしゃる留守だったわ」

三沙の父の会社が倒産して、家も土地も人手に渡った。横浜の知人をたよって仮住まいをあちこち転々としたあげく、漸《ようや》く今の住所に落ち着いたのだったが……。

「お手紙を出そうかと思ったこともあったのですけれど、なんだかきまりが悪くて……」

もともと三沙の家と亮の家ではまるで格が違っていた。三沙の家が電気の部分品を作る小さな会社だったのに対して、古田家のほうは関西のほうを本拠にした大きな船舶の会社の社長であった。

家の大きさから資産に至るまで、桁《けた》ちがいの身分である。そんなことがまるで気にならなかった小学生時代はとにかく、横浜へ移ってからの三沙の気持には、亮に対してただの親しい幼友達として手紙を出したり、訪ねて行ったり出来ない遠慮が出来てしまった。

「亮さん、今も雑司ヶ谷に……」

「ああ、親父の家は昔のままさ。兄貴は昨年結婚したんだ……」

一昨年、大学を出て目下、K造船会社へ就職していると亮は話した。技師の卵である。

「君のこと、きいてもいいかな」

「ええ……あたしは今元町の帽子店で働いているんです……」

「ご両親はお変りはない……？」

「二人とも……歿《なくな》りました。父は……今年が五年目です。母は昨年の二月ですの。このあいだ一周忌をすませました……」

「そうだったの……悪いことをきいたな」

亮は眉《まゆ》を寄せた。

「じゃ、今は妹さんと二人きりかい」

「ええ」

その妹も、もう三日で嫁に行くのだといいたかったが、三沙はこらえた。亮にみじめだと思われたくなかった。

「お袋がよく君の想い出話をするんだよ、どうしているだろうって……」

「ありがとうございます……むかし、お手玉を作って頂いたわ。赤と紫の鹿《か》の子《こ》の布地の……」

亮に似て細面の、あたたかい声をした婦人だった。庭のじゅず玉の実を集めて、それでお手玉を作ってくれた。

「遊びに来ないか、母もきっと喜ぶよ」

亮がそういいかけた時、三沙はロビイを横切ってくる篠崎和子のターコイズブルーのミニドレスを見た。あわてて、立ち上がった。

「こんな所にいたの、随分、探したわ」

近づいて亮をみた。

「あら、亮さん、もういらしてたの」

亮と自分とをみくらべている和子に気づいて、三沙はどぎまぎした。亮の待っていた相手がどうやら和子だったらしい。

「早すぎたので、ここで一休みしてたんですよ」

亮はおだやかに笑っている。

「皆さん、もうホールにお集まりよ」

「そうですか……」

和子へうなずいて、三沙へふりむいた。

「友人の婚約披露パーティなんです……」

三沙はうつむいたまま返事が出来なかった。

和子の視線が痛いほど自分に注がれている。

「参りましょう、亮さん……」

和子が亮をうながしたので、三沙はおどろいた。

「もういいわ、それ、家のほうへ届けておいてちょうだい……」

「あの、お帽子……」

「パーティにおかぶりになるのでは……」

「こんな所で、かぶれやしないわ。いいから持って行って……」

いつもより高飛車な言い方であった。

「田園調布《でんえんちょうふ》の家、知ってるわね」

ハンドバッグから父親の名刺をひっぱり出した。病院は鶴見で、自宅は田園調布であった。

「駅の前の交番できけば、すぐわかるわよ」

和子が、もう一度、亮をうながした。

「亮さん、早く……」

三沙は自分の存在が邪魔になっているのを感じた。

「それじゃ、失礼します……」

帽子箱を持ち直したのへ、亮が言った。

「君の家、どこ……？」

「辻堂《つじどう》です……」

「それじゃ、田園調布は逆の方角じゃないか」

三沙は狼狽《ろうばい》した。和子の顔色がはっきりと変ったのがわかった。

「いえ、東横線《とうよこせん》でなら、すぐですから……」

逃げるように背をむけた。

2

東横線で田園調布へ出たのが九時であった。わかりにくい住宅街を探して、帽子箱を届けた。玄関へ顔を出したお手伝いさんは、三沙へ、

「ご苦労さま」

とも言ってくれなかった。

再び横浜へ戻り東海道線にのりかえると疲労が体中に出た。週末はそれでなくても嫌悪感のつきまとうものである。

辻堂のホームへ下りたのが十時をすぎていた。人影のまばらな改札口を出ると、

「三沙ちゃん……」

「まあ……亮ちゃん……」

三沙は眼をみはった。亮は照れたような微笑を浮かべて、先へ歩き出す。

「君の家、どっちさ……」

「そっちです、海のほう……」

漸く肩を並べて、三沙は亮の横顔へ訊《き》いた。

「どうなさったの、いったい……」

「どうもしないさ。ただ……君が田園調布へ行って辻堂へ帰ってくるとすれば、十時すぎると思ったから……夜更けに若い女が一人で歩くのぶっそうだよ」

「あら、馴《な》れているのよ、仕事で十時になることが時々あるの。急な注文の場合には」

「よくないよ、家、遠いの」

「そうでもないけど……十分くらい……」

「淋《さび》しい道じゃないか」

「いつもは、もう少し人通りがあるのだけれど……土曜日のせいね……」

ふと、気になった。

「パーティ、もう終りましたの」

「途中で逃げ出したんだ。どうってことないさ」

「でも……」

パートナーの和子に悪くなかったのかとききたかったが、流石《さすが》に口に出しにくかった。

海へ続く道は砂地だった。

「この辺の海、およげるの」

「いいえ……でも、浜辺を散歩するのは、とてもいい気持よ」

それっきり、会話がとぎれた。

亮の肩より、ほんの少しおくれて、三沙は亮の足をみつめて歩いた。自分を送ってくれるためだけに亮が辻堂の駅に待っていてくれたのかと、それが不思議だった。友人の婚約パーティという華やかな場所を脱け出して、なんのために東海道線の小さな駅へ来てくれたのか。

考えている間に家の前へ来た。

「ここなんです。妹だけですわ、ちょっと、お上がりになりません」

亮は軒を見上げて微笑した。

「いや、今夜はおそいから……又、改めてお邪魔するよ」

実際、まごまごしていると東京行の終列車に乗り遅れかねない。

「ありがとうございました。お気をつけてね」

精一杯の思いで三沙は頭を下げた。

「さよなら……」

さくさくと砂をふんで亮はあっさり戻って行った。見送っていたが、ふりかえりもしない。足音が全く聞こえなくなるまで立っていて、三沙はそっとベルを押した。

「心配したのよ、お帰りなさい」

妹の千沙《ちさ》がいそいそと戸をあけた。

「お疲れさま……」

台所へ立って行ってシチュウをあたためている。その間に三沙は着がえをした。

古田亮に逢《あ》ったことを、どう話したものかと迷った。なぜとはなしに話したくないような気分なのだ。六畳二間にダイニングキッチンのあるこの家は父が歿《なくな》る一年前に建てたものである。姉妹二人には広すぎた。

「こうやって、ごはん食べるのももうあと一日ね……」

向かい合って食事をしながら妹が泣きそうな眼をして言ったのに、三沙はつとめて明るく受けた。

「夫婦げんかして出て来た時は、ごちそうしてあげるわよ」

「あたし、もう、お嫁に行くの止めようかしら……」

不意にシチュウのスプーンをおいて泣き出した。

「又、はじまった、泣き虫さん……」

「だって……」

「いい加減にしなさいよ。ウエディングドレスも出来たし、式場もきめたんじゃないの、ハネムーンのクーポン券も買ってあるし、今更やめたら大損害よ」

「でも、あたしが居なくなっちゃったら、お姉さん一人じゃないの」

「何度、同じことを言わせるのよ、どっちみち今までだって、夜寝る時しか帰って来ない家じゃないの。ねむってしまえば一人も二人も同じよ。第一、世の中には一人きりで生活してる人なんか、ごまんといるわ。気にしない、気にしない。そんなこと気にしてたら忠男《ただお》さんがかわいそうよ」

気のいい妹は結局なだめられて笑顔になった。台所の後片づけは妹の役目である。高校を出てからずっとつとめていた会社も先月でやめ、一か月ばかりの嫁入り仕度の期間に家中の障子の張りかえから、狭い庭の草むしりまでしてくれた妹であった。それがせめてもの姉への申しわけのように。

千沙の結婚の相手は同じ会社の営業へつとめている青年であった。約束はもう一年くらい前から二人の間で出来ていたらしいが、急に式をあげることになったのは、彼の転勤のためであった。

最初は大阪と東京なら新幹線で、僅《わず》か三時間だから週末ごとにデイトに帰っても、などと言っていたのを、この際、結婚を早くしたほうがいいと主張し、彼の両親とも相談の上、挙式させるようにこぎつけたのは、三沙の智恵《ちえ》であった。

恋し合っている若い者同士が三年も結婚を延期するのは決してよい結果にならな

いと三沙は二人を説き伏せた。

二人が結婚をためらっている理由は一にも二にも、三沙が一人ぼっちになってしまうことを考慮してと知ったからである。

妹の結婚をねたむ気持はなかった。むしろ、両親のない妹を愛し、妻にすることを誓ってくれた青年が身近にいてくれたことが有難かった。結婚を快く許してくれた、むこうの両親にも感謝の気持が強かった。

千沙がねむったあとも、三沙は夜明け近くまでウエディングハットの製作に没頭した。

それほど気強く妹を嫁入りさせた三沙だったが、千沙の結婚式がすみ、新婚旅行に送り出し、信州から出て来てくれた伯父《おじ》夫婦も帰郷してしまうと、生れてはじめての怖ろしいような孤独が襲って来た。

一日働いて、夜になって戻って来ても出迎えてくれる人もいない。妹と暮していた頃ならあたたかい夕飯がきちんと仕度されていたものだが、それもなくなった。食事の用意をすることは面倒ではなかったが、なにより寂しいのは暗い家に帰るということであった。

鍵《かぎ》をあけて入り、暗い、ひんやりした家の電気のスイッチを押す時のわびしさはたとえようもなかった。

3

妹が結婚してから、最初の土曜日が来た。

午前中にマダムの用事で外出した三沙は、戻ってくるなり、秋子に背中をいやという程、叩《たた》かれた。

「三沙ちゃん、あんたったら、全くのおとぼけね、今日はたっぷりおごってもらわなきゃあ……」

「おとぼけって、なんのこと……」

「電話があったわよ、男の人……」

「男の人……？」

「ほら、又、とぼける……古田さんって人よ、あなたに言うのすっかり忘れてたけど、月曜日にも電話があったのよ。ほら、妹さんの結婚式で休んだ日……」

三沙は適当な返事がみつからず、黙って秋子の向かい側の机の前にすわった。

「古田さん、なんですって……？」

かろうじて訊《たず》ねた。

「夕方七時に、この店へ来るそうよ……」

「閉店時間を教えてくれっていうから、七時だっていったの……あの人、誰よ、いつ知り合ったの、恋人……」

「昔の同級生よ、小学校の……偶然、この間、逢っただけよ」

つとめてさりげなく三沙は答えた。秋子にいうよりも、自分へ言いきかすようなつもりだった。

期待するまい、と三沙は想った。

この前の土曜の夜、辻堂へ現れた亮を想うとき、三沙の胸の中には或《あ》るあたたかいものが流れる。

子供の時から三沙は亮に対して或る感情をもっていた。確か、四年の春くらいだったが、同じ級の子供達から、あまりに仲の良い亮と三沙のことを、

「三沙ちゃんは亮ちゃんのお嫁さん」

と、はやされたことがある。

結婚ということにも、異性というものにも何一つ具体的な知識がなかったのに、三沙は以来、亮に、ほのかな想いを持ったような気がする。それが恋というものかどうかは判然としないながら、三沙にとって二十四歳の今日まで、他に初恋と呼べるものはなかった。

「七時に……?」

もう二度と逢う日はあるまいと思っていた亮に、思いがけず十二年ぶりにグランドホテルで再会して、三沙は自分の心に点《とも》った小さな灯が恐ろしかった。少しでも、なにかを期待して、その期待のこわれることが怖ろしい。身分違いをまず考えた。裕福な家の次男坊で、大学を出て一流会社へ就職している。両親もなく、学歴もなく、帽子の縫い子をしている自分とは住む世界の異なる相手だと思った。

七時に亮は店の前に立っていた。

例のはにかんだ微笑を浮かべて、やあと声をかけた。

「飯を食おうと思って出て来たんだけど……都合悪いかな……」

三沙は黙って首をふった。

亮が連れて行ったのは小ぎれいなイタリヤ料理の店であった。

ふとったイタリヤ人の小母《おば》さんがメニュウを持って来て、これがうまいとか、これを食べろと世話を焼いてくれる、家庭的な店であった。

迷っているとコック長までが出て来て、やれ、肉ならこれがよい、今日はピザパイがよく出来ているなどと助言する。

ピザパイと仔羊のローストを注文して、亮はテーブルの上のキャンティを三沙のグラスに注いだ。

「弱い酒だから大丈夫、なめてごらん」

三沙は素直に唇をあてた。飲めそうであった。

「妹さん……千沙ちゃんだったね。結婚したんだって……」

秋子からきいたと亮は言った。

「この前、電話したら、妹さんの結婚で店を休んでいるって……」

「……月曜日に式をあげたんです。新婚旅行に行って、今日、大阪の住まいへ落ち着いた筈《はず》です」

「大阪……？」

「むこうへ住むんです」

三沙はざっと妹の結婚のいきさつを話した。

「それじゃ、辻堂の家は、君一人かい」

「ええ……」

「よくないな……」

亮の声がきつかったので、三沙は驚いた。

「女一人で……もし、泥棒でも入ったらどうするんだ……」

「大丈夫よ。ちゃんと鍵をかけているし……」

「それにしたってよくないよ」

「考えてはいるんです。でも、父が歿《なくな》る前に建てた家ですし、売ってしまうのもなんだかつらい気がして、それに下手に売ったらとんでもないことになるでしょう……」

家と土地の名義は三沙になっていた。千沙には株券が残されていた。父が二人の娘たちに苦闘のあげく残してくれたものである。

「そりゃあそうだ……」

考え深くうなずいてピザパイをかじった。

「だけど、寂しいだろうな」

「もう馴《な》れました」

笑っているつもりが、眼の奥が濡《ぬ》れかけていた。

小さなステージにスポットライトが当って五人ばかりの楽団がジャズを演奏しはじめた。テーブルの上のキャンドルの灯がゆらめいている。三沙にとって、生れてはじめての甘い夜であった。

その夜も、亮は辻堂の家まで送って来た。

玄関をあけ、電気をつけてから、三沙は少しだけ休んで行かないかといってみた。ためらって、亮は靴をぬいだ。

ジャーのお湯でお茶をいれる三沙を亮はもの珍しそうに眺めていた。

「ずいぶん、きれいに暮してるんだね」

「一人っきりですもの、散らかしようがないでしょう」

なんでもなく言ったつもりが、声がもつれた。感情がひどくもろくなっている。

「苺《いちご》があるのよ。すぐ洗いますわ」

涙を指の先で払いのけて、三沙は台所へ立った。

十時になるまで、二人はとりとめもなく話し合った。話題はいくらでもあった。

帰ることになって亮が靴の紐《ひも》を結び終えた時、三沙は別れることが苦しくなった。

「駅まで送って行きたいわ」

「馬鹿だな、そんなことをしたら、又、送って来なけりゃならないじゃないか……」

「でも……」

ふっと、うつむいた三沙の肩があまりに心細そうだったせいか、靴をはいたまま、亮が自然に三沙を抱き寄せた。

体中の力が抜けたようになって、三沙は亮の腕の中に居た。唇が重ねられたのも夢の中の出来事のようであった。

「しっかりしなけりゃ駄目じゃないか、しっかりするんだよ」

耳許《みみもと》で亮が強くささやいた。肩をゆすぶられて、こくりとうなずいた。

「戸じまりに気をつけて……お休み、又、電話するよ」

思い切ったように出て行く亮を、三沙は涙のたまった眼で見送った。

その夜も三沙は孤独だった。しかし孤独の底にあたたかいものが流れていた。あたたかさを抱きしめるようにして、三沙は眠った。

日曜日。

朝の中に洗濯をして掃除を終ると、もうなにもすることがなくなった。

思いついて、ずっと前に帽子店のマダムからもらった麻の布地を出してみた。無地の麻である。香港《ホンコン》あたりでは、これにドロンワークをしてナフキンやテーブルクロスにして売っている。

テーブルクロスが一枚とナフキンが六枚とれるだけの寸法があった。裁断して、まず刺繍《ししゅう》をはじめた。古田家へのおくりものにするつもりであった。

午前中をその仕事にかかり、午後は買い出しに行った。買いもの籠《かご》を下げたまま、浜辺へ足をむけた。

午後の海は波に陽が光っている。もう、夏を迎えている海の色だった。

大阪の千沙からは幸せなスタートを切ったと葉書をよこしていた。この幸せを早く、お姉さんにもあげたいとも書いてあった。

（幸せ……）

海へ呟《つぶや》いてみた。

哀しみが湧いた。

昨夜、亮によって幸せの実態を知ってしまった自分が、どうやってこれからの孤独に耐えられるのか不安だった。

亮によって幸せになれると思うことは避けたかった。亮が自分と結婚するとは考えられない。

もっと美しく、もっとよい家庭の賢い娘たちを、いくらでもえらべる立場にあるのを、三沙は知っている。

(一度だけの想い出……)

そう思おうとした。神さまが三沙のために一度だけ与えてくれたバラ色の青春なのかも知れない。浜辺から三沙はのろのろと去った。

午後からは、又、ナフキン作りであった。

細かな手仕事をして夜になった。

夕食の仕度に立ち上がりながら、三沙は今日一日、自分が誰かを待ち続けていたのに気がついた。

「来ると約束したわけでもないのに……」

三沙はまな板の上に涙を落とした。

4

月曜日の午後であった。

工房で仕事をしていると店のほうに華やかな声が入って来た。

ききおぼえのある篠崎和子の声である。

「三沙ちゃん……三沙ちゃん……」

マダムに呼ばれて、三沙は店に出た。和子がピンクの帽子をかぶってみている。花を沢山あしらった派手な帽子であった。

「いらっしゃいませ……」

お辞儀をした三沙を完全に無視した。

「ドレスはピンクなの、フランスレースにしたのよ。靴はシルバー……ドレスのデザインはこれよ」

マダムに切りとった外国のファッション誌をみせた。

「三沙ちゃん、奥にある新しい造花を持って来てちょうだい……」

マダムは三沙をアシスタントにして、あれこれと帽子のデザインをえらんだ。

「今週の水曜日よ、間に合うかしら」

和子はちらりと三沙をみて言った。

「夕方の六時までに届けて欲しいの、三沙さんにね。三沙さんでないと困るわ」

甘えた声で言った。

「いいでしょう、マダム……」

「それはよろしいですけれど……」

マダムが三沙に同意を求めた。

「ね、三沙さん……」

「はい……」

「田園調布の家、あなた、知ってるわね」

和子が念を押した。変に意固地な念の押し方が、三沙の心にひっかかった。

月曜の注文で水曜日の夕方までという仕事は、かなりの急だった。帽子というよりも、花を芯《しん》にした髪かざりのようなものである。それだけ、技術はむずかしかった。

こうしたデリケートな帽子が作れるのは縫い子の中でも三沙一人である。

二日がかりで、三沙は美しい帽子を作りあげた。水曜日の五時すぎ、三沙は帽子箱を抱えて篠崎家の玄関に立った。

「お嬢さまが、お上がり下さいって……」

お手伝いさんに案内されて、二階へ上がった。和子の部屋はうすいピンクと白で統一された若い女性らしい華やかな洋間であった。

化粧してピンクのドレスを着た和子はいきいきと美しかった。

「待っていたのよ。すぐ髪につけて……」

三面鏡の前で、三沙は花の帽子を和子の髪へかぶせた。

「あなた、いくつ……？」

鏡の中から訊《き》く。

「二十四です」

「もう、適齢期ね、恋人きまってるの」

返事のしようがなくて、三沙は苦笑した。

「あなた、亮さんの小学校の同級生ですってね、亮さんからきいたわ……」

手をのばして銀色のハンドバッグを取った。

なかからピンク色のレターペーパーを出した。人の名前らしいのが五人ほど並んでいる。

「この五人、なんだと思う。あたしの結婚の候補者よ。その中に亮さんも入ってるわ」

三沙の前へおいた。

「あたし、今迷ってるのよ……今日亮さんの送別会なの……」

「送別会……？」

「あら、知らなかったの、彼、アメリカへ行くのよ。三年間、むこうに行くのですって。会社の海外出張よ」

頬から血が引くのがわかった。三沙は動揺に耐えるのが精一杯であった。

「彼をえらべば三年間、結婚はおあずけだわ。あたしも大学卒業までにあと二年あるし、卒業して一年くらい花嫁修行も悪くないけど、二十四すぎるのが嫌なのよ。いくらフィアンセがいても級の中で一番、最後に結婚するなんて真っ平だわ。それに、三年間もはなれていたら、他に好きな人が出来るかも知れないし……ねえ、あなたなら、どう思う……」

うつむいた三沙をみつめた。

「あなた、亮さん、好きなんじゃないの。好きなら好きとはっきり言ってちょうだい。あたし、他人の恋を邪魔したくないわ、恋愛はフェアで行きたいの。あなたが亮さんを愛してるんなら、あたし、亮さんにきいてみるわ。あたしとあなたと、どっちをえらぶか……」

「止《や》めて下さい……」

思わず声が出ていた。

「そんな、ひどいこと……あたしだって女です。人を好きになることだってあります。木や草じゃないんです……」

泣くまいと三沙は唇をかみしめた。

「あたしは貧乏ですし、両親もいません。なんの取りえもない平凡な人間です。亮さんにえらばれるなんて、夢にも思ってやしません。わかってるんです」

「わかりゃしないわ。きいてみなければ……はっきりさせておきたいのよ。私、自分の結婚相手がほんの少しでも私以外の人を好きになって欲しくないの。あたしの他に誰にも惹《ひ》かれてもらいたくないわ。そりゃそうでしょう、女なら誰だって、夫の愛を独占したいわ、友情としてだって、他の女と付き合っては嫌よ」

「私が亮さんと付き合ってはいけないとおっしゃるんですのね」

「彼が私をえらんだ場合はね……」

三沙はうなずいた。

「わかりました。ご心配にならなくても、亮さん、私のことなんかなんとも思ってやしませんわ。小学校の時の友達と十二年ぶりにめぐりあった……それだけのことなんです。あなたが、私と逢《あ》うなとおっしゃらなくても、お目にかかる機会はもうないと思います」

アメリカへ出発することすら知らせてくれなかったのである。

「亮さんをあきらめるの……」

「お目にかかった時からあきらめています。あなたのようなお幸せな方に、おわかりになるでしょうか。どんなに好きでも、苦しくても、自分に不相応な恋だと知ったら、最初からあきらめてしまわねばならない、女の気持なんて……愛する人と向かい合っていて、期待するまい、夢みまいと努力して耐えている女の心なんか……五人も候補者を持って、三年間、待てるかどうかなどと迷ったり、楽しんだりする余裕なんか、私にとって、まるで縁がないんです……それを、亮さんに私とあなたとどちらをえらぶか、なんて、残酷ですわ……あきらめている者をひきずり出してふみにじらねば気がすまないとおっしゃるんですか……」

泣かずに三沙は立っていた。

「あたしにだって……自分を守るくらいの権利はあります。思い出をそっと抱いているくらいの自由はある筈《はず》です……」

ドアをあけた。和子は見送っているだけであった。

気がついた時、東横線に揺られていた。

夕暮の中に、ぼつぼつ灯のついた家がみえはじめている。怒りが冷えて、悲しみが心の底を這《は》っていた。

(亮さんがアメリカへ行く……)

今頃は送別会の席上で、三沙が心をこめて作りあげた花の帽子をかむった和子と並んで、みんなに囲まれているかも知れない。

ひょっとすると、送別のパーティが、和子との婚約のパーティになる可能性もありそうだった。そういう自信があるからこそ、和子は三沙にあんな嫌がらせをしたのかも。

(自信があるって羨《うらや》ましい……)

窓に顔をこすりつけるようにして三沙は夕暮をみていた。私だって、女としての心づかいとか人を愛する気持など、誰にも負けないと思っていた。愛する人のためなら、おいしい料理も作ろう。苦労も楽しんでするだろう。女としてのやさしさも強さも、努力する心も、素直さも、自分のなかへ大切に育てて来たと思う。

しかし、亮と逢って、これが恋と気がついたとたん、三沙の中の自信はどこかへ影をひそめてしまった。涙もろい、気のよわい、意気地なしの女になってしまっている。

忘れようと思った。

青春の日に、一度だけ咲いた線香花火のように、思い出だけを大事にしまっておけばよいのだと思う。

だが、家の鍵《かぎ》をあけて入ったとたん、三沙は畳に体をぶっつけるようにして大声で泣いた。

気がついた時、三沙は人の気配を知った。

玄関に和服の女性がひっそりと立っている。もう長いこと、三沙の泣き止むのを待っていたような感じであった。

「三沙さんですのね、ごめんなさい、勝手に入って来てしまって……」

声に記憶があった。

「亮さんの……お母さま……」

「おわかりになりましたの、まあ、すっかり大きくなって……」

涙を拭《ふ》いて、三沙は電気をつけた、泣きはれた眼が恥ずかしい。

「亮のいいつけで参りましたのよ、あの子、今夜羽田《はねだ》を発ちますの、仕事の都合で急に出発が早くなり、もうこの二日ばかりてんやわんやだったんですよ。あなたにどうしてもお逢いしたいって、とてもあせってたんですけれど、会社の打ち合わせやら、上役の方へのご挨拶《あいさつ》や、出国手続やらで、とうとう時間がなくなってしまいました。これ、あの子の手紙ですの、読んでやって下さいな」

そっと差し出した封書を、三沙はふるえる指でひらいた。

大きなペン字がいきなり目にとび込んだ。

「愛している、三沙、結婚してくれ」

三沙は瞬間、頭の中が空白になった。時刻も感覚も思慮も分別も、三沙のなかで停止した。

「なんて書いてありますの、あの子……」

亮の母が笑った。

「なるべく早くに、あなたが承知して下さるのなら、アメリカへ行って頂きたいと思っています。私も、主人も、亮の気持に賛成なんですよ。あなたを小さい時から知っていましたし……私、さっき、元町の帽子屋さんへ寄って、あなたの話をきいて来ました。むかしのあなたとちっとも変っていないのね」

「小母《おば》さま……」

「もし、よろしかったら、私といっしょに羽田へ行ってやって下さいません。あの子ったら、あなたの首へ縄をつけてもひっぱって来てくれなんて……ひどいことを！　いう子でしょう」

「私が……羽田へ参ってもよろしいのでしょうか」

「まだ、お化粧を直すくらいの時間はありますわ、私は外の車の中で待っていますからね」

亮の母は、さりげなく家中をみまわして、外へ出て行った。

顔を洗い、化粧をして、とっておきの服に着がえるのを、三沙は十分そこそこでやってのけた。

「及第だわ、三沙さん……」

くすりと、亮の母が好意のある笑い方をした。

空港の待合室で、亮は会社の上役や友人たちに囲まれていた。

「そばへ行ってもいいのよ」

亮の母にうながされたが、三沙は人の後にかくれるようにして亮をみつめていた。

それだけで充分だった。全身で祈った。

(ご無事でいってらっしゃい……)

そんな三沙を柱のかげから、亮の父と母が眺めていた。

「あなた……亮の眼は確かですわね」

微笑した妻へ、父親がうなずいた。

「なるべく早くアメリカへやることだな。式なんぞ、むこうの教会であげればいい
……」

「行ってくれますかしら」

「みりゃわかるだろう。二人の顔を……」

亮が三沙をみつけたようであった。人垣をかきわけるようにして三沙に近づいて
行く。

三沙の瞳《ひとみ》から真珠のような涙の粒がこぼれ落ちるのを、初老の夫婦は或《あ》る感動でみまもっていた。

チンドン屋の娘

1

新宿の純喫茶「リラ」が終るのは午後十一時であった。

店のなかの後片づけや掃除をすませて駅へかけつけると、ちょうど終電の二つか三つ前のに乗れる。それでも我が家に近い私鉄の駅へ下りるのは深夜だった。

乗って来た電車をやりすごして、千枝子《ちえこ》がホームを下りてくると、改札口にどてら姿の良吉《りょうきち》が首にマフラーを巻きつけて、こっちをみている。

「お帰り、寒かったろう……ほら……」

目の前にオーバーをさし出されて、千枝子は眉《まゆ》をよせた。

「いやだ。これ、もうクリーニングに出すのよ」

「まだ三月になったばかりじゃないか。近頃の馬鹿陽気は二月に桜が咲いたり、四月に雪が積ったり……あてになりゃせん。洗濯屋になんぞ、いつだって出せるさ」

不承不承、重いオーバーに手を通して、甲州《こうしゅう》街道を渡った。鈴蘭燈《すずらんとう》の並んでいる細い商店街に軒並みに戸がおりていて、舗装しなおしたばかりの道に紙くずが舞っている。

「焼芋、買っといたぞ」

思い出したようにふところの新聞紙をがさごそ言わせて、良吉が小ぶりの一本をえらび出した。黙って受けとって、歩きながら皮をむいた。芋をかじりながら、犬も通らない町を歩いて行く娘から、およそ一間の距《へだた》りをおいて、良吉は遠慮がちについて行った。

人目があろうとあるまいと、無意識にはなれて歩く習性がいつの間にか、この父娘に出来ていた。

千枝子が五歳くらいの時だったろうか、たまたま良吉に手をひかれて近所へ買い物に行ったのを、遊んでいる子供たちから、

「お前の父さん、チンドン屋……」

とはやしたてられて以来、千枝子は父親との外出を拒否し続けて来た。父親の商売を止むなく割り切ったつもりの昨今でさえ、肩を並べて談笑しながら歩くことは、まずなかった。

「駅員がね、すっかり顔をおぼえちまって、毎晩よく続きますね、と感心してやがったよ」

千枝子を出迎えのことであった。

「来なくたっていいっていうのに……」

「そうはいかん……このあたりはぶっそうなんだよ。この節、ろくな奴が住んでいない……」

「チンドン屋だのね……」

芋の尻《し》っ尾《ぽ》をぷいとどぶへ捨てた。

「若い娘が、途中でなにかあったら、とりかえしがつかないんだよ……」

道がまがった。ごちゃごちゃと小さな家が続いている。戦後二十年も経ったのに、まだ戦災当時の焼トタンをめぐらしたバラック住まいも何軒か残っている。良吉のいう通り、ひったくりや、痴漢の被害の多いことで有名な土地であった。

「なあ、千枝子……お前、今度の水曜日、手伝ってくれないか」

遠慮っぽい調子だった。

「水曜は駄目、早番だもの……」

「又、しのぶさんにでも代ってもらっておくれよ。頼むから……」

「私をアテにしないでくれって、いつも言ってるじゃないの」

「今度は久しぶりに、割のいい仕事なんだよ。そのかわり、若いのを揃えてくれっていう注文なんだ……」

「兄さんたち、二人とも若いじゃん……」

「女の子がいるといないでは大変な違いなんだ。むこうの待遇がさ……青梅《おうめ》の商店街なんだよ。立川《たちかわ》から一時間も先なんだ。家から遠い所だから、お前だって恥ずかしいことはないんだ。どっちみち、あんな所に知った人はいやあしまい……？」

「知った人がいようといまいと、恥ずかしいのはおんなじよ……今時、若い女にチンドン屋やらせようって神経が、どうかしてるんだわ」

「まあ、そう言うなよ。めったにあることじゃなし……」

「一年に一度だって真っ平よ……」

目の前にガラス戸の玄関があった。古い柱に「広告宣伝斡旋《あっせん》業」、わきに小さく「チンドン屋承ります」と書いた縦看板がぶら下がっている。

ガラス戸をひっぺがすようにあけて、千枝子はハイヒールをぬぎ捨てた。とっつきの三畳においてあるチンドンの道具をじろりとみて、さっさとオーバーをぬぎ、銭湯の仕度の入ったプラスチックの桶《おけ》とタオルを摑《つか》む。

「おい、湯へ行くんなら、お父つぁんもまだなんだよ……」

「いっしょに行ったたって、男湯と女湯は別っこよッ」

サンダルを突っかけて、千枝子は夜の通りを突っ走った。

2

起き抜けに美容院へ行ってセットをしてきた。

洗濯物にアイロンをかけていると、ぼつぼつ「リラ」へ出勤の時間になる。

念入りに化粧をしていると、夜だけバーテンをしている二人の兄が起き出して来た。

「おい、新宿までいっしょに行くか」

「あら、兄さんたちは、まだ早いじゃんか」

「不景気だからパチンコで煙草代かせごうってことよ」

買い物籠《かご》をさげたおかみさんたちで雑踏する商店街はサービスのつもりか古い流行歌を大音声で鳴らしつづけている。

「千枝子……青梅、行ってやれよ。親父、ここんところ仕事がないんで、お袋にしぼられっぱなしなんだぜ」

長兄の和夫《かずお》が暮のボーナスで買ったセーターに、スカーフを気どった巻き方をして、分別くさく言った。三人続いた年子だから、今年、各々の誕生日が来て、十九、十八、十七歳のハイティーン兄妹だったが、三人とも中学を出ると同時に、なんらかの形でつとめを持ったせいもあって、年齢よりは三つ四つ老けてみえる。

「そうだよ。お前、一番、親父に可愛がられてるんじゃないか。雨ニモ負ケズ、風ニモ負ケズ、十一時がチンとなるとひっそりと家を出て、深夜の駅へ娘を迎えに立つ……時には芋を買い、時にはタイ焼きを買って、娘の喜ぶ顔をみて満足する……ソンナ父親ニ私モナリタイ……」

笑いとばして、次兄の勇《いさむ》も真顔になった。

「そんなに娘が可愛かったら、嫌がるチンドン屋、手伝えっての、矛盾してるんじゃないさ」

末の女の子に育った強みで、千枝子も負けてはいない。

「そこがそれ、オヤジの泣きどころさ。全く、チンドン屋に凝らなけりゃいうことなしの親父様なんだがなあ」

「なによ。白粉《おしろい》ぬってカツラつけてると、女の子がキャアキャアさわぐし、もてでもてて仕様がないなんて、ご機嫌になってるの誰さ……」

妹にやっつけられて、勇は満更でもなく笑った。

「そりゃあ若さと美貌《びぼう》はまかしとき、さ」

「兄さんたちは男だからいいのよ。女の気持はデリケートよ」

「ぺっちゃんこなオッパイしてて、女の気持はおそれ入るね……だがね、千枝子……

お前、親父がなんでお前をチンドン屋にひっぱり出すのか知ってるかい」

「知るもんですか」

「俺、ずっと前に本箱整理しててブロマイドみつけたんだ。市川小蝶《いちかわこちょう》ってサインがしてあって、島田結った女形《おやま》がきどって立ってやがんの……」

「市川小蝶……？」

「誰だと思う……？」

和夫はその話をすでに聞いているらしく、にやにや笑っている。

「誰よ」

「親父なんだ……」

「小蝶は笑わせるな、毒蛾だよ。まさに……」

和夫がまぜっかえす。

「戦前に、親父が市川なんとかいうドサまわりの一座にいたの、知ってるだろう……」

勿論《もちろん》、兄妹の生れる前の話である。

「聞いてはいるけれど……」

映画スターだったというならともかく、ドサまわりの女形では、千枝子になんの感動ももたらさない。

「千枝子に白粉つけて、衣裳《いしょう》着せてチンドンやらせるの……親父の郷愁なんだな」

「なんのことよ……」

「お前が、若き日の女形の親父によく似てるってことさ……千枝子に鳥追いの女の扮装《ふんそう》させて、親父は自分の女形のむかしをしのんでるってわけだ……」

千枝子はあいた口がふさがらないという顔をした。

喫茶店「リラ」へついて、化粧をなおしながら、千枝子はつくづく鏡の中の顔を眺めた。どうみても父親に似ているとは思えない。母にも似ていなかった。今まで、他人から父にも、母にも似ていると言われた記憶もなかった。自分でも満更、器量に自信がないわけではない。色は白いし、中高《なかだか》な顔で、眼も大きいし、鼻も悪くない。唇がほんの少し、まくれ加減なのを当人は気にしているが、これはむしろ整った顔の中の愛敬《あいきょう》となっていた。

アイラインをいつもより太く入れ、唇を描き足して、千枝子は店へ出た。

おしぼりと水を運び、客の注文に従ってコーヒーやジュースを持って行くという操作を十往復くらいしたところで、初見《はつみ》弘志《ひろし》が入口のドアを押して入って来た。

「千枝ちゃん……来たわよ」

目早《めばや》くみつけて同僚の片山《かたやま》しのぶが肩を突ついた。

初見弘志はV大生であった。この店のマスターがV大に関係があるとかで、V大生の常連が多いのだが、弘志もその一人だった。

最近、彼が必ずといってよいほど一人でやって来て、一時間近くもねばって行くのは、ウェイトレスの千枝子がお目当てだとは、店中が承知していた。

千枝子が近づくと、弘志は二人だけに通じる、にっとした笑い方をした。

「試験、どうだった……？」

声を殺して千枝子は、そっと訊《き》く。先週が学年末の試験で殆《ほとん》ど、ここへ顔をみせなかったのだ。

もっとも、そのことはこの前の休みの日のデイトの時、弘志からきかされて了解ずみであった。公園のちょっとした暗がりで何度となくキスをくりかえしながら、一週間も逢《あ》えないのがつらいと呟《つぶや》いた甘い吐息を、千枝子は一週間抱きしめて来た。

「まあまあさ……」

弘志は、わざとテーブルのかげにさしのべた千枝子の手を握りしめた。

「よかったわ。無事進級ね」

「来年が大変だよ。就職、卒業試験……今から頭が痛い……コーヒーたのむ」

終りだけ大きな声だった。

カウンターへ戻って来てコーヒーをオーダーする。ちょうど、喫茶店の混みはじめる時刻で、次々と客がボックスを埋めて行って、千枝子は結構、いそがしかった。

喫茶店では酒場とちがってひいきの客の隣へべったり腰をかけて話し込むわけに

は行かないが、それでも比較的、店がすいている時なら、テーブルのわきでの立ち話ぐらいはマスターも見ないふりをしてくれる。

コーヒーを運んで行ったときには、弘志の前の席にアベックの相客がすわっていた。これでは話も出来ない。

あちこちの客の注文に応じながら、千枝子はちらちらと色っぽいサインを弘志へ送るだけで辛棒しなければならなかった。

意地悪く、客はますますたてこんで来る。遂《つい》に諦《あきら》めたらしく弘志が伝票をつかんで立ち上がるのがみえた。レジで金を払いながら、千枝子をふりむいて、外へ、とサインした。

ドアをあけて送り出すふりをして、千枝子もいっしょに外へ出た。

「試験休みなんだ……つき合わないか」

「いつ？」

「今度の水曜……」

「水曜は駄目よ。お店もあるし……もしかしたら家に用事が出来るかも知れないのよ」

おそらく青梅へ行かねばなるまいと、腹の中では諦めている。

「じゃ、君の休める日でいいよ」

「金曜なら大丈夫よ」

「よし……そのかわり行く先はまかせろよな」

「いいけど……なんだか怖いわ」

甘えて男の肩に顔をよせた。

千枝子が店内へ戻り、カウンターへ近づくと、おしぼりを銀盆へのせていたしのぶがふくれっ面をした。

「いそがしい時にいちゃいちゃしないでよ。頭へ来ちまうわ……」

「すみません……」

おとなしく頭を下げて、内心でせせら笑った。

(なによ。二十四にもなって恋人の一人も出来ないもんでさ……)

3

水曜日、やはり千枝子は青梅へ行くことになった。

なんのかんのと口では抵抗しても、結局は善良でチンドン屋以外に能のない父親が不愍《ふびん》になって負けてしまう。

ぷりぷりしながら、朝六時起きして化粧をした。衣裳は父親が、まるで衣裳方のように世話を焼いて着せてくれる。この恰好《かっこう》で国鉄へ乗って青梅まで行くのかと思うと、毎度のことながら、泣きたい思いだった。

濃化粧のひき立つ貌《かお》に手拭《てぬぐい》を深くかぶり、その上から鳥追い笠《がさ》を更に目深くつけた。

むしりのかつらをつけたやくざ姿の長兄がチンドンを受け持ち、着流しの浪人スタイルの次兄が、ジャズと彼らの間では称している——四角い箱の中にフライパンを裏返したのと、太鼓と木琴《もっきん》とブーブー鳴るラッパをつけた奴を背負った。ドラムが千枝子、それにいつものメンバーでクラリネットの楽師さんと、旗持ちの仁《ひとし》さんが加わって一座となるわけだ。

父親の良吉はリーダーとしてついては行くが、これはもっぱら先方から金をうける役目だけで、実際にチンドンのグループには加わらない。三年前に神経痛を患ってから、歩行はともかく、チンドンだのジャズだのドラムなどの重い道具をつけて、町中をねり歩くのは無理な体になっていた。

電車の間中、千枝子は下をむきっぱなしだった。このPR時代に古風なチンドン屋風俗は珍しいのか、乗客は一せいに好奇の目をむけてくる。なかには、千枝子が若い女らしいと気がついて鳥追い笠のなかをわざわざのぞき込む男まであった。

今日の頼み手は青梅に出来たスーパーマーケットの店主であった。関西の出身というだけあって、万事に細かく、良吉の一行の到着が約束の時刻に五分おくれたといって、まず文句をつけた。

午前中いっぱいは町まわりで足を棒にし、戻ってくると昼食をかき込むようにして、すぐにマーケットの中で即席の立ちまわりを長兄と次兄で演じてみせるなど、大サービスのあげく、千枝子に笠をとって、客にちらしをくばれとまで要求した。なにか言えば約束の賃金を減らされる怖れがあるので、千枝子も止むなく従わざるを得ない。

夕方の六時に漸《ようや》く解放されたとき、千枝子はドラムの紐《ひも》が肩にめり込み、足腰がコンクリートづめにされたように重く痛んだ。

金曜日。

千枝子は水曜とは別人の顔になった。

昨日、デパートを歩きまわって買ったルーズシルエットのワンピースを、今年の流行だからと思い切って裾《すそ》を膝上《ひざうえ》五センチにつめた。

白っぽいナイロンのストッキングをつけて、そのワンピースを着て鏡の前に立つと、背後でみていた勇が、

「すげえぞ。うっかりお辞儀すりゃあ、尻《しり》かくさずだ……」

「馬鹿……」

兄をにらみつけて、それでも裾をちょんちょんとひっぱり、千枝子はハイヒールで出かけた。

新宿の西口に、初見弘志はもう来ていた。

「さあ行こう……」

二枚の切符は箱根湯本《はこねゆもと》まで買ってある。

「こんないい天気の日に、東京のスモッグの中でくすぶってることないぜ」

「日帰りでしょうね」

思わず真剣な目になった。大人ぶっていても十七歳になってまだ二か月である。

「そんなに金があるもんか」

片目をつぶって、弘志は急行電車へ千枝子を押し込んだ。

箱根はもう桜だった。例年より一か月近くも早いという。

「いい時に来たわね。あたし、中学の修学旅行以来だわ」

千枝子もいきいきとはしゃいだ声になった。

バスで箱根町へ来た。

ラーメンで腹ごしらえをしてから、ボートに乗ったり、土産物店をのぞいたりしている千枝子は十七歳がまるだしになった。

海賊船まがいの遊覧船で箱根園へも出た。

「君、水曜日に青梅へ行った……？」

ユネスコ村の日だまりに腰を下ろしたとき、なにげないように弘志が口に出した。

千枝子は唇から、くちずさんでいたジャズが消えた。

「休んだんだろう……水曜はリラを……」

「休んだけど……」

「僕の友人の……島木《しまき》ね……あいつ、青梅なんだよ、家が……」

猫がねずみを追い込むような弘志の余裕だった。

「君が……新しく出来たスーパーマーケットでちらしをまいていたって……」

千枝子は目の前の湖が急に暗くなった。マーケットで笠をとって、ちらしをまいたことへの後悔が頭の中でガンガン鳴った。

「鳥追い女の恰好が、女優みたいにみえたってよ」

止めをさすように弘志がつけ加えた。

「君の家、チンドン屋だったの……？」

千枝子は泣き出しそうな顔でうなずいた。

「なぜ、黙ってたのさ……」

「恥ずかしかったんだもん……そんなこと話したら、弘志さんがつき合ってくれないと思って……」

事実、もう弘志との交際は駄目だと千枝子は絶望した。涙が思い出したように、ぼたぼたあふれた。

「馬鹿だな、君は……」

弘志の指がひょいと千枝子のおでこを突ついた。

「チンドン屋だっていいじゃないか……僕はかまわないよ」

千枝子の体中が無邪気に感動した。

「本当……」

「ああ……」

「いやじゃない？」

返事のかわりに弘志はいきなり唇を押しつけた。

「嫌……誰かにみられる……」

「誰もみてるもんか……」

まわりに人影はなかった。五十メートルばかり先のオランダの家を模した小屋のあたりにアベックがねそべって、トランジスタラジオが強烈なエレキをあたりにひびかせている。

「踊らない……？」

いきなり立って、千枝子は乱暴に腰をふって踊りだした。チンドン屋でもかまわない、と言ってくれた恋人への感謝を、そんな表現でしか出すことが出来なかった。

「よし……」

弘志も立った。青い芝をふんで、千枝子は体中で喜びをあらわそうと懸命に踊った。そんな彼女を弘志は、すぐ背後のアメリカの家を模した小屋へ巧みに誘導して行った。踊っている千枝子の肩が小屋の戸に当った。戸はあっけなく開いた。

暗い小屋の中へ体が入ったとたん、二人は抱擁した。弘志の唇に応《こた》えて千枝子も幼い舌をからませた。

立っていることがつらくなって、二人は床に膝《ひざ》をついた。その恰好《かっこう》でじりじりと弘志は千枝子の上におおいかぶさってくる。短かいスカートがめくれ上がって、その裾に弘志の手がしのび込んだとき、流石《さすが》に千枝子は体を固くした。ふさがれた唇で叫んだ。

「駄目よ……」

弘志はこういうことにかなり馴《な》れているらしかった。千枝子の抵抗をあやしながら、一方の手は彼女を生れてはじめての陶酔へ追い込んで行く。

モンキーダンスを踊り出したときに、千枝子が自分で点《つ》けた体の火は、弘志の誘導でいいように燃えて行った。

もう、どうなってもかまわないと体のどこかで自分を投げ出しながら、千枝子の手足は娘の本能のように彼女の意志とは別のところで抵抗を止めなかった。次第に弘志は焦《じ》れて来た。あせりが彼を不用意に口走らせた。

「いい加減におとなしくしろよ。チンドン屋のくせに……」

彼の本心でもあった。

とたんに、千枝子の体は針ねずみのようにふくれ上がった。

強引に組みふせようとする弘志を蹴《け》とばすように、はね起きた。

「おい……」

遮二無二、つかみかかってくるのを、千枝子はいきなりハイヒールを握って撲《なぐ》りつけた。

背中のファースナーがはずされたままの恰好で、千枝子はハイヒールとハンドバッグを摑《つか》み、一目散にユネスコ村をとび出した。

坂の途中でふりかえると、小屋の外までは追って出たらしい弘志が、流石《さすが》に明るい戸外での不体裁を思ったらしく、その場に突っ立っているのが見えた。

背中のファースナーを上げ、ハイヒールをはいて、千枝子はちょうど来たバスにとび乗った。

4

三日ばかり、弘志はリラに現れなかった。

ほんの少しだったが、千枝子は箱根での結果を後悔しはじめていた。チンドン屋のくせに、と言われた口惜《くや》しさと相手への不信は腹の底にくすぶっていたが、なによりもV大生の恋人を失うのは惜しい気がした。

いっそ、下宿に電話をかけてあやまろうか、とも思ったが、実行するきっかけはなかった。

四日目、千枝子は早番の日で午前中に出勤した。店に出るとすぐマスターから煙草を買って来てくれとたのまれ、近くのデパートへラッキーストライクを買いに行った。

ついでに化粧品売場で美顔術の講習をしているのをちょっとのぞいて店へ戻ってくると奥のボックスで男女の笑い声が急に高くなった。

最初は外の明るさから目が馴れず、客が誰とも気にもしなかったのだが、聞こえよがしのささやきの中に、チンドン屋、という言葉がまじって、千枝子はぎょっとなった。

ボックスをみた千枝子は、ちょうど椅子から体を乗り出してこっちをふりむいたしのぶと目がぶつかった。早い時刻なので、他に客はいない。

「千枝ちゃん、来ない……面白い話してんのよ」

しのぶがそう言って、チンチンドンドン、チンドンドンと足拍子をとった。それに呼応するように、ボックスの中から一せいにコップのふちをスプーンで叩《たた》いて、チンチンドンドンとはやし立てた。

ぎゅっと唇を噛《か》んで、千枝子はボックスへ近づいた。四人ばかりのV大生の中に初見弘志の顔をみつけたからである。

「よオ、いらっしゃい、チンドンのお嬢さん……」

ボックスの中からニキビ面の島木というV大生が声をあげた。

昼間だというのに、ぷんとウィスキーのにおいがする。テーブルをみると、ウィスキー紅茶をオーダーして、ウィスキーだけを飲んだ形跡がある。腰かけのわきに持参物らしいポケットウィスキーのびんもみえた。

「青梅じゃ盛大だったね。チンチンドンドン……チンドン屋にゃあもったいないって、大変な人気だったじゃないか……」

「チンドンのスターかい」

「まさにピカ一さ。似合ったねえ、鳥追いの仇《あだ》っぽいのなんのって……とても十七にゃみえなかったよ」

「私もみたいワ。一ぺんみせてよ、千枝ちゃん……」

しのぶが軽蔑《けいべつ》し切った調子で言った。これみよがしに弘志の肩にしなだれかかっている。

「俺もみたいね……」

低く、嫌味に弘志が笑った。

「みたら、惚《ほ》れなおすんじゃない……」

「願い下げだね。ドラム叩く手でぶんなぐられちゃあかなわねえや」

きゃあッとしのぶが甲高く笑った。

「でもさ、チンドン屋なんてよくきまりが悪くないわね。あんなビラビラした長襦《ながじゅ》袢《ばん》みたいのきて、お化けみたいな化粧して……まるで猿まわしのお猿じゃないの、私だったら、百万円もらったって嫌だな……」

「百万円とは大きく出たな……」

「だってそうよ。プライドの問題だわ」

つんと顎《あご》をそらせたしのぶへ、千枝子はやっとの思いで言った。

「チンドン屋のどこがいけないのよ。れっきとした商売よ……」

「あんた、恥ずかしくないの？」

「平気だわ。なにも悪いことしてるわけじゃなし……」

千枝子は胸を張った。こうなっては後に引けない。

「およし、およし……」

島木が大げさに手をふった。

「チンドン叩いていくらになるのか知らないが、千枝ちゃんみたいな美人なら、銀座のバアでもキャバレーでも一日一万円で軽くスカウトするってことよ。なにもあんな馬鹿くさい真似しなくたって……」

「おおきにお世話……私は好きでやってるんです……」

「おやまあ、人は好き好きとはよく言ったもんね」

しのぶが露骨に眉《まゆ》をしかめた。急に表情を解いて弘志の持って来た雨傘を逆につかんだ。

「よし、あたいもやってやろう……」

チキチキチン、チンドンドンと口拍子をとって、しのぶは傘を旗のようにかかげて、器用にチンドン屋の千鳥足で歩いてみせた。

「止めてッ……」

千枝子が傘をはらい落とした。

「なにすんのよ、チンドン屋……」

しのぶがコップの水を正面からはたきつけた。

「やったわねッ」

強烈な平手うちだった。ドラムを叩きなれて手首のバネがきいている。

カウンターからマスターがとんで来たときは、顔をおさえてボックスに突っ伏しているしのぶを残したまま、千枝子はリラの裏口からさっさと新宿の人混みを歩いて行った。


千枝子が喫茶店づとめを止めたことを、良吉は手ばなしで喜んだ。

「大体、若い女の子が夜おそくまで勤めるのは間違いのもとなんだ……まあ、のんびりと家にいて、時々はお父つぁんの仕事を手伝ってくれ。こづかいぐらいは不自由させねえからな」

リラへは長兄の和夫がかけ合いに行って、今月分の給料だけはとって来てくれた。無論、いくらでもない。

春になって、商店は大売り出しのシーズンだった。

世の中が不景気のどん底にあると、あの手この手の宣伝方法に疲れ果てた業者たちは、いっそ昔ながらのチンドン屋でも頼もうかという気になったのだろうか、吉《よし》崎《ざき》良吉の「広告宣伝斡旋《あっせん》業」は急に注文が多くなった。

今日は三軒茶屋《さんげんぢゃや》の商店街へ、明日は小岩《こいわ》のマーケットへと、連日、繁昌《はんじょう》が続いている。

白粉《おしろい》を厚く塗った顔を、鳥追い笠《がさ》にふかぶかとうつむけて、

「チンドン屋のどこが悪いのさ」

と派手な啖呵《たんか》を切ったくせに、千枝子は相変らず、チンドン屋にはなじめない足どりでドラムを叩いて歩いていた。

あかるい娘

1

日本平《にほんだいら》はよく晴れていた。

上半身をまっ白に染めた富士が正面にみえる。そして、彼女たちの立っている麓《ふもと》の山は鮮やかな蜜柑《みかん》畑であった。

「すてきね。やっぱり来てよかったじゃないの」

金丸恭子《かなまるきょうこ》が、この夏、流行したべっこう色のふちの大きなサングラスを額の上にずり上げたまま、志乃《しの》をふりむいた。

「本当……」

素直にうなずいて、富士をみつめ、その風景を美しいと思いながら、志乃は心のすみでやっぱり後悔していた。

(休みを頂くのではなかった……)

毎月第一日曜と第三日曜は休みの約束ではあったが、志乃は十二月だけは自分から休みを返上するつもりにしていた。

どこの家でもいそがしい年の暮であった。

猫の手も借りたいという時期に、お手伝いとして働いている自分が休暇どころではないと考えたからである。

だから、中学から高校まで、ずっと親友で卒業後もつきあっている金丸恭子から、第一日曜に新幹線で日本平へ苺《いちご》摘みに行こうといわれたときは、すぐにことわった。

「今月はよすわ。年末でいろいろとしなければならないこともあるし……」

しかし、恭子は自分のプランに熱心であった。大病院の院長の一人娘で、なに不自由なくのびのびと育った恭子には、悪気ではないのだが、ひどく強引なところがある。

「ご主人が休んでは困るっておっしゃってるの？」

「いいえ、そうじゃないけど……」

「だったら、いいじゃないの。ふだん、よく働いているんだもの、お休みはお休み、もっとビジネスライクに割り切りなさいよ」

「でも……」

「あたし、もう、行くって約束しちゃったのよ」

日本平から海へむいた南の斜面に石垣苺を栽培している吉田《よしだ》文五郎《ぶんごろう》という老人がいた。東京のDホテルやTホテルなど一流の店へ苺を出荷しているのだが、たまたま、東京へ出て来た折にタクシーが追突され、恭子の父の病院へ半月ほど入院したいい具合に、むちうち症状も軽くすんで、十月に退院して行ったのだが、その吉田老人から石垣苺がみのったので、一度、遊びに来ないかと誘いの電話があったということがあった。

摘みたての苺に新鮮な生クリームをたっぷりつけて食べたら、どんなにおいしいだろうと恭子は唾《つば》をのみこみながら、志乃を誘った。

いくらことわっても、恭子が諦《あきら》めないので志乃が途方にくれていると、そんな電話の押問答をきいてしまったらしく、この家の主婦である加東十紀子《かとうときこ》から、

「どうしたの」

と問われてしまった。

下手にかくしても仕方がないので、こうこうだと説明すると、

「そりゃあいいじゃないの、せっかく誘って頂いたんだから、ぜひいってらっしゃい。どっちみち、第一日曜はお休みの日なんだし……お天気だといいわね」

と、あっさり言われてしまった。

今朝、志乃は五時前に起きて、食事の仕度、洗濯、掃除と手ぎわよく片づけて、主人夫婦から、

「休みの日まで、そんなに気を使わなくていいのに……気をつけて、ゆっくり遊ん

でいらっしゃい」

と気持よく送ってもらって出かけて来た。

それでも、こうして、よく晴れた冬空の下に立つとこんな日こそ、こないだからしようしようと思っていた白菜づけの漬《つ》け込《こ》みが出来たのに、とか、ベランダのガラス拭《ふ》きをゆっくり時間をかけて、ていねいに仕上げたかった、などと考えてしまう。

「なに、ぼんやりしてるのよ。さ、待望の苺摘みに出かけようか」

恭子にうながされて、志乃は富士に背をむけた。

日本平からケーブルで東照宮《とうしょうぐう》の境内へ行き、社殿へおまいりしてから、石段を下りた。

下りだからいいようなものの、上りだったら、容易ではないような長い長い石段である。

「むかしの人って、随分、足が丈夫だったのね。こんな山の上にお宮つくるんだから……」

恭子は一人で感心しながら、ぴょんぴょんとはねた。赤いコートに、赤とグレイの格子のワンピースをミニで着ている。

流行をいつも敏感にとり入れていて、それが又、よく似合った。大柄だし、目鼻立ちもはっきりしていて、志乃が眺めてもチャーミングであった。

そんな恭子をみることは、志乃にとって楽しかった。彼女の親友だということだけで、志乃は満足した。頭もよく、級の花形的存在である彼女が、よく自分のような平凡な生徒を親友にしてくれたと志乃はいつも感謝していた。恭子が学校時代、苦手の手芸や裁縫の宿題をいつも志乃に片づけてもらっていたことでさえも志乃にとっては当り前のことのように思っていた。

吉田老人の栽培する石垣苺の畑は、東照宮の石段を下り切って、すぐのバス通りに入口があった。

バス通りといっても、古い狭い道で、バスはすれちがうのが困難なようであった。町並みも古く、家も昔風であった。

石の門を入ると、庭が広くとってあった。

庭に白っぽい高級車が止めてある。

古めかしい家のたたずまいとデラックスな自家用車が不似合いであった。別に車庫にライトバンが一台、入っている。このほうは苺の運搬などに使われるもののようであった。

恭子がガラス戸のはいった玄関の戸をあけて声をかけると、すぐに小柄な老婦人が出て来た。

「まあ、お嬢さんようこそ……お待ちしてましたんですよ」

迎えられて、恭子はきびきびと挨拶《あいさつ》し、志乃を紹介した。

「おじいさんは今、畑のほうへ行って居りますが、もう戻って来なさるでしょう。まあ、一休みして下さい」

玄関を入ったところが広い土間で、それが裏まで突き抜けている。

土間の両側に部屋があった。

一つは応接間のように造られていて、テーブルやソファが並んでいた。

土間を突き抜けたむこうに、苺畑がみえていた。

「あら、あちらが苺畑ね」

恭子は、みつけたと思ったとたん、足がそっちへ進んでいる。

山へむかって、なだらかなスロープに石垣が、きっちりと築かれている。

ちょうど積木を一列に並べるように、その石垣の横列は一メートルばかりの間隔をおいて、山へむかってのびていた。

「ねえ、上のほうへ行ってみない……」

ずんずん上って行く恭子をみて、老婦人があわてて、ついて行った。

「恭子さん、あたし、バッグをおいてくるわね」

苺摘みに荷物は不用であった。

志乃は自分のと、恭子のと二人のバッグとコートを持って家へとってかえした。バッグを部屋へおき、ハンカチだけ、ポケットに入れて畑へ戻った。

恭子の赤いワンピースは、もうかなり上のほうを走りまわっている。

石垣へ志乃は近づいてみた。緑の葉がぎっしりとのびているそばに、赤い、小さな苺がいくつものぞいている。

今しがた水をまいたらしく、葉も苺もいきいきと日の光をあびて光っていた。

(あんまり、かわいらしくて、採ってしまうのが、惜しいよう……)

そんなことを想いながら、志乃も石垣について、上へのぼって行った。

太陽がまぶしいほどに照りつけて、十二月だというのに、あついくらいであった。

ブルーの半袖《はんそで》のセーターとおそろいのカーディガンを着ていた志乃は、カーディガンをぬぎ、軽快な半袖になった。それでも、うっすらと額に汗がにじむ。

上のほうで、恭子の華やかな笑い声がしている。姿は石垣にかくれてみえないが、男の声もきこえた。

石垣の間を、たてに貫いている小道を上って行くと、女一人男二人の姿が視界に入って来た。

女は無論、恭子だし、老人はこの苺園の主人だと見当がついたが、もう一人の若い男の存在に志乃はちょっと近づくのをためらった。

「志乃、なにしてるの、いらっしゃいよ」

恭子に声をかけられて、男二人が志乃をみた。

「あたしの中学校からの親友なの。井口《いぐち》志乃さん……こちらは吉田さん、こちらは、ええと辻本《つじもと》さんでしたわね」

青年が恭子の紹介をおぎなった。

「辻本三郎《さぶろう》です。よろしく……」

あとを追って来た吉田老人の妻が、手籠《かご》を渡した。

「さあ、皆さん、お好きなだけ、摘んで下さいましな」

2

石垣の間をめぐり歩いては、葉のかげの赤い実を摘みとる作業はたのしかった。

摘み終えた苺《いちご》を、志乃は吉田老人の妻といっしょに井戸端で洗った。台所から砂糖壺《つぼ》や生クリームやお皿やスプーンを応接間へ運び、人数にとりわけた。

恭子は辻本三郎と名乗る青年と愛について熱心に語り合っていた。現代のような人間不信の時代に、愛というものが果たして存在するかどうかなどと、恭子は熱心に話し、青年は微笑をもってうなずいていた。

「ねえ、吉田さん……吉田さんのようなお年の方は、現代の愛というものについて、どうお考えになっていらっしゃいますの」

苺をつぶしながら、恭子が話題の中に吉田老人を誘った。

「さあ、わたしのようにこんな田舎にひっこんで、苺とだけむかい合って暮している者には、お嬢さんのおっしゃるようなことは、とてもようお答え出来ませんが……」

白い眉毛《まゆげ》の下で、眼をしばたたいた。

「ひとくちに愛というても、いろいろな容《かたち》がある……わたしなぞは、愛とは生甲斐《いきがい》ということではないかと考えていますよ」

「生甲斐……」

「まあ、いい年をしてこんなことをいうのはキザのようかも知れませんが、わたしは若い時分から苺つくりが生甲斐でしてね。どうやったら冬の寒い季節にうまい苺がとれるだろうかと、そりゃ随分と苦心したものです」

春に収穫すべき苺を、自然にさからって暮の十二月に採りたいというのは、クリスマスや正月用に苺が珍重されるということもあった。

同じことを研究する人が何人もあって、やがて、苺の苗を盛夏時に、富士山麓《ふじさんろく》などの涼しい土地へ移植して、苗を避暑させることによって十二月に熟した苺をとる方法に成功したものだ。

夏中、涼しい土地へ植えられていた苺は、秋になると再び、移されて、この太陽のあたたかい静岡の南の斜面に石垣をきずいて植えられる。

「苺といっても、もう、こうなると我が子も同然ですな。かわいくって、かわいくって仕方がない。それだから、たまたま、台風などで苺畑が塩水をかぶり、せっかくの苗が枯れてしまった時など、口惜《くや》しいというか、情ないというか……枯れた苗が不憫《ふびん》で……こんな気持は、おそらく苺を愛した人間でないとわかってもらえませんでしょうなあ」

老人の長話のあと、話題は再び、近頃、ニュースになっている小説の話や、映画のことなどに移った。

その間に、志乃はそっと食べ終えたみんなの皿やスプーンをまとめて、台所へ来た。

「おやまあ、そんなこと、わたしがしますから、そのままにしておいて下さいな」

吉田老人の妻が制したが、志乃は手早く汚れものを洗って、布巾《ふきん》で拭《ふ》いた。スプーンも一つ一つ、ていねいにみがいた。ふだん、やりつけているから手早いし、そんな作業を志乃はいそいそとやってのける。

摘みとった苺は、小さい箱につめて紐《ひも》で結んだ。おみやげに持って行けといわれた。

帰りは、辻本三郎の車で東京まで送ってもらうことになった。恭子が勝手にそうきめていたのである。

ぼつぼつ、東名《とうめい》高速道路が出来上がりかけていて、ドライブは快適であった。

辻本三郎の運転は慎重でスマートであった。

「今日の吉田さんの話は面白かったですね。苺を生涯かけて愛し抜くなんて……見事だな」

ハンドルを握ったまま、三郎が背後へ話しかけた。

「それは、やっぱり吉田さんが男だからよ。女は……どうしても愛する人を持つことが生甲斐じゃないかしら……」

まだ、逢《あ》って二時間くらいにしかならないのに、恭子はもうすっかり辻本三郎と親しくなっていて、自然に馴《な》れなれしい口のきき方をしている。志乃はただ黙って二人の会話をきくことで、たのしんでいた。

「井口さんはどう思いますか、生甲斐ということについて……」

不意に話が自分へまわって来たので、志乃はびっくりして、少しばかり赤くなった。

「さあ……わたくしには……」

「井口さんも、愛することの出来る人をみつけることが生甲斐ですか……」

「そんな……私にはとても……」

はにかみながら、志乃はバックミラーにうつっている三郎の微笑に導かれるように、ためらいながら話した。

「あたしの生甲斐って……たとえば、あの、朝、起きて、なるべく音のしないように雨戸をあけるんです。朝の光が一杯にさしこんでくる中で、ああ今日も一日がはじまるんだなと思うの……とても幸せなんです。そして、大抵、そこへ奥さまが起きていらっしゃいます。私をみて、お早よう、ご苦労さまって、おっしゃって下さいます。時には、今日もよろしくねって……その時、とっても嬉《うれ》しいんです。ああ、私はこの家で少しはお役に立ってるんだな、と思うんです……」

「ちょっと待って下さい……」

三郎が口をはさんだ。

「あなた、よそのお宅にいるんですか」

「はい……わたくし、お手伝いをしているんです」

「恭子さんと同じ、大学へ行ってるんじゃなかったんですか」

「ええ、働いているんです」

素直に志乃は微笑した。お手伝いをして働いていることに、自信のある、むしろ誇らしげな言い方であった。

「彼女、高校の時、御両親を交通事故でなくしたのよ。お兄さんがあるのだけれど、つとめている会社の出張で、もう二年も東南アジアへ行ってらっしゃるの」

そばから恭子が説明した。

「そうですか……そりゃあ……さびしいでしょう」

三郎がいたわるように背後へいった。

「さびしいことがないといったら嘘になるでしょうけれど……でも、私、今の生活、幸せなんです。ご主人がとてもいい方ですし……」

新しい話題を思い出して、志乃は更に明るい口調で続けた。

「とってもたのしいことがあるんです。朝起きてから、雨戸をあけて、庭へ出ますでしょう。今、働いているお家はとてもお庭が広いんです。近くに明治神宮とかオリンピック村へ続く林があるものですから、野鳥がよく庭へ来ますの。尾長《おなが》とかきじばととか、小綬鶏《こじゅけい》とか、めじろも頬白《ほおじろ》も、うぐいすも……旦那《だんな》さまも奥さまも鳥がお好きなので、私、お許しを頂いて、あまったパンのへりとか、お釜《かま》を洗ったときのごはんつぶなどを取っておいて、物干のそばに空箱で餌台をつくりましたの。そこへパンくずやごはんの残りをおいてやるんです。とうもろこしだのかやの実なんかも、時々、おこづかいで買って来ます。お料理の使いのこしの牛脂なんかは、糸で木の幹にくくりつけておくんですの。鳥がよくつついています」

車は、もう京浜《けいひん》高速道路へ入っていた。三郎は勿論《もちろん》、恭子までが日頃にない志乃の雄弁に気をのまれたように、しんとしている。

「近頃は、すっかり馴れてしまって、わたしが餌台へ餌をおきに行くのを、鳥たちが待っているんですの。餌をおいて戻ってくると、庭のいろんな木から、いろんな鳥が一せいにとんで来るんですよ。それをみる時、とっても充実した気持になって……」

一人で喋《しゃべ》っていることに、ふと、志乃は気づいてあわてて、口をとじた。

「ごめんなさい、あたし、勝手なことばかりおしゃべりして……」

「ううん、面白かったわ。そう、あなたの働いているお家《うち》、そんなに野鳥がくるの……」

恭子が飼っているカナリヤの話をはじめた。

それから、一匹、何万円もする血統書つきのシェパードが二頭もいる話など、そして、車は渋谷《しぶや》についていた。

3

よかったら、夕食でも……という三郎の誘いを志乃だけはことわって、家へ戻った。

「あら、ちょうどよかったわ。今、お弟子さんから、こんなに沢山、お赤飯が届いてね。赤ちゃんのお宮まいりなんですって……」

台所の戸をあけると、エプロン姿で流しに立っていた十紀子が笑顔で迎えてくれた。

「おそくなりまして……これ、おみやげに頂いて来ました。摘みたてなんですよ」

志乃の声をききつけて、すぐに主人の亮三《りょうぞう》も顔を出した。

「こりゃ、うまそうだ」

「お食後ですよ」

ぴしゃりと十紀子がいって笑う。もう六十をすぎた老夫婦だが、年輪を重ねた夫婦の会話は新婚の夫婦のそれのように、甘く、さわやかで、志乃は好きだった。

「それじゃ、いそいで、お赤飯ふかしましょう」

疲れたふうもなく、志乃はいそいそと白いエプロンを腰に結んだ。

夕食の話題は、もっぱら日本平のこと、苺《いちご》畑のことであった。

志乃はいきいきと話し、老夫婦はまるで孫娘の話を聞くように、耳をかたむけた。

三人いる子供は、みな結婚して、それぞれ別に家庭を持っている。加東家では書道家である亮三と、茶道の教授をしている妻の十紀子と二人だけのひっそりした日常だった。

それが、志乃がお手伝いに来てから、家のすみずみまでが明るくなり、いつもたのしそうな笑い声があがるようになっていた。

志乃は、苺畑で逢った辻本三郎のことも話した。外での出来事を、いつも志乃はかくさなかった。

「とてもステキなドライブでしたけど、あんまり車が上等なので、乗っているのがもったいなくて困りましたわ」

志乃の説明に老夫婦は笑った。

「その方、お若いんでしょう」

「辻本さんですか……さあたぶん、二十七、八にはなっていらっしゃると思うんですけど、男の方の年齢ってわかりません……」

「いい家の息子さんなのかしら、そんな高級車に乗っているなんて……」

「たぶん、そうだと思います」

「きかなかったの。どこへつとめているとか、どこにお住まいだとか……」

「ええ、別に……あっという間に東京へ来てしまいましたの。それに、わたしがよけいなお喋りをしてましたし……」

「志乃さんが……？」

「はい……あの、お庭にくる鳥の話などを……」

一人で夢中になって話していた自分を想い出して、志乃は赤くなった。

(あたし、あがってたんだわ。きっと……)

食事のあとかたづけをすませて、自分の部屋で一人になってから、志乃はそのことに気がついた。

(いやだわドライブに酔ってしまって……)

しかし、自分があがっていた理由が、単に高級車でのドライブのためだけではないことを、志乃は心のすみで気がついていた。

それは、まもなく恭子から電話がかかって来たとき、はっきりした。

「あれから、Mホテルへお食事に行ったのよ。とってもすてきだった……」

志乃と別れてから、恭子は辻本三郎と共にMホテルのダイニングルームで夕食をしたという。

「ねえ、辻本さんの素性、わかったわよ。あの人、Mホテルの専務さんの息子なの。つい、こないだアメリカから帰って来て……今日は、苺の仕入れのことで、吉田さんのところへ行ってたらしいわ」

電話をすませて、部屋へ戻ったとき、志乃は心の中をすきま風が吹き抜けて行くのを感じた。

(辻本さんが、Mホテルの専務さんの息子さん……)

そうときいただけで、もう自分とはまるで世界の違う人だと悟っていた。お手伝いをして働いていることは少しも恥じてはいないのに、この時の志乃はちょっぴり恭子が羨《うらや》ましかった。

大病院の院長の一人娘なら、Mホテルの専務の息子と交際してもおかしくはない。辻本三郎の人なつっこい笑顔と、いたわりのある声が浮かんだ。すぐに消した。

若い男性なら、流行のドレスに身を包み、才気のある、華やかな恭子と、平凡でなんのとりえもない自分とを並べてみて、どちらが印象に残るかわかり切っていると、志乃は思った。

わたしには無縁の人……志乃は心にいいきかせ、そっと硯箱《すずりばこ》をとり出して墨をすった。心がわびしいとき、志乃はいつも机にむかって墨をすり、半紙をひろげた。

この家へお手伝いに来てから、日曜、土曜に亮三の許《もと》へ習字の稽古《けいこ》にくるお弟子さんをみているうちに、自分も字を習いたくなり、一人でひそかに稽古をしているのを、亮三にみつかって、それからは、亮三がお手本を書いてくれたり、文字をなおしてくれたりする。もともと、習字は好きだったし、稽古熱心がみのって、五年目の今年は、はじめて展覧会にも出品することになった。

呼吸をととのえて志乃は筆をとりあげた。

流麗な仮名文字が美しい線を書いて、半紙をいきいきと染めて行く。

　春の園、くれない匂う桃の花

　下照《したで》る道に出《い》で立つ少女《おとめ》

万葉集の古歌であった。

文字を書いているうちに、志乃は少しずつ自分をとり戻していた。

正月の十四日に、加東家では初釜《はつがま》の催しがあった。

例年の行事で、十紀子の茶道のお弟子さんが集まり、いろいろお客を招いてお茶のもてなしをするのであった。

「どう、今年はお座敷に、これをかけようと思って……」

十紀子がとり出した軸を亮三がひろげた。

なにげなく眺めて、志乃はあっと声をあげた。

今年のお書初めに、志乃が書いた、例の万葉の古歌を、いつの間にか、しゃれた茶がけの軸に表装してある。

「いつの間に……奥さま……」

「あんまり、いいので主人が表装するようって……今日のお茶会に間に合わせようと思って、大いそぎで仕上げてもらったのよ」

十紀子はさっさとかけてしまい、あとへ下がって、

「本当に、よく書けてるわ」

と満足している。志乃は恥ずかしさと嬉《うれ》しさで、途方にくれてしまった。

「今日は、あなたもお点前《てまえ》をするのですよ」

茶道も、この家へ来てから、お弟子さんの稽古のあとで、十紀子が少しずつ教えてくれて、ぼつぼつ師範の免状がとれるまでになっている。

茶室の掃除、お菓子の仕度、それから応接間での接待の下準備など、すっかりすませてから、志乃は昨年の暮に作った水色のぼかしに蝶《ちょう》の縫いのある晴れ着にきかえた。帯は一昨年、つくった亀甲《きっこう》の袋帯である。

「まあ、よく似合うこと、志乃さんは色が白いから、水色がとてもよくうつるのね」

十紀子は何度も鏡の中の志乃をのぞいて感嘆した。

そんなにほめられたのに、志乃はすぐその上から白い割烹着《かっぽうぎ》をかけてしまい、もうぼつぼつ集まって来たお弟子さんたちの先に立って働いた。

初釜は盛会であった。

いつも交際範囲の広い夫妻のことである。

招かれた客も、書道家や画家、実業家、医者、科学者から、お茶好きの近くの駅の駅長さんまで、多彩であった。

志乃は、もっぱらお点前などの晴れがましいことは他の人にゆずって、水屋で茶《ちゃ》碗《わん》を洗ったり、菓子鉢にお菓子を盛りつけたり、裏の仕事をしていた。

志乃が水屋にいると、茶席はなんの失敗もなく、スムーズに進行した。

応接間では、お客に軽い食事を出していたから、志乃はいつも台所と茶室と応接間と玄関を行ったり来たりして、こまめに働いた。

午後になって、お客の接待が一段落した頃であった。

台所で洗いものをしていた志乃は、いきなり恭子の声におどろかされた。

「あら、いつ、いらっしゃったの」

「たった今よ。お客さまをご案内して来たの……ねえ、ちょっと、いらっしゃいよ」

手まねきされて、なんの気もなく志乃はタオルで手をふきながら廊下へ出た。

とたんに、声もなく立ちすくんだ。

ダークスーツの辻本三郎が少し照れた表情で立っている。

「いらっしゃいませ」

とっさに、志乃は頭を下げていた。

「いつぞやは失礼……」

「いいえ、私こそ……あの時はありがとうございました」

礼をいってしまうと、やや、気持が落ち着いた。

白地に朱の総しぼりの豪華なふり袖姿《そで》で、辻本三郎と並んでいる恭子をみても、思ったより平静でいられるのが嬉しかった。

「今日は、辻本さんのご両親もお出でになっていらっしゃるのよ」

恭子が意味ありげにいった。

「僕の伯母《おば》が、こちらの奥さんと女学校が同じだったそうです」

「まあ、そうでしたの」

そんなことは、もうどうでもよいと志乃は思った。目の前に盛装した二人を並べておくことに、志乃は精一杯の努力を払わねばならなかった。

「どうぞ、お茶室のほうへ……」

ちょうど来合わせたお弟子さんに二人の案内をたのんでしまうと、志乃は台所へ戻って洗いものを続けた。

悲しいと思ったわけではなかったのに、気がつくと目のすみに涙がにじんでいた。

（あたし、辻本さんが好きだったのかしら）

たった一日、それも、もっぱら恭子のかげにかくれるようにしてのおつきあいでしかなかった人を、どうして好きになったなどと言えるのだろうかと志乃は自分をたしなめた。

が、そのそばから、恋は時間をかけて獲得するものではなく、一瞬できまるものだ、などという格言が浮かんだりする。

志乃はずっと台所にいた。水屋まではものを運んだりしたが、つとめて客の前へ出るまいとした。

四時になっていた。

冬の陽は、もう暮れようとしている。客もほとんどは帰りかけ、茶室のほうは囲炉裏の火も落ちた。

残った客は応接間で話し込んでいる。

地震がおこった時も、志乃は台所にいた。

激しい地震だった。下から突き上げるような衝撃で、志乃はよろめいた。よろめきながら、夢中でガスの元栓をしめていた。それから、揺れている廊下を応接間へ走った。客たちはあまり地震が大きいので、庭へとび出したらしい。誰もいない応接間に石油ストーブが赤くついていた。走りよって火を消した。

その時、次の揺れが激しく襲った。志乃は立っていられず、床に手を突いた。本棚の上のこけしが音をたてて落ちた。

「志乃さん……志乃さんッ……」

庭のほうで、十紀子が必死になって呼んでいる声がした。

「はい……奥さま……」

応《こた》えて、立ち上がろうとして、又、よろめいた。ドアを突きとばすようにあけて、人間がとび込んで来た。

「志乃さん……」

ぐらぐらっと家全体が持ち上げられたような感じになった。

「危ないッ」

三郎の手が志乃をつかみ、応接間のすみにある亮三の大きな洋机の下に押し込んだ。

窓ガラスの割れる音がし、床をこけしがごろごろところげた。

だが、それが最後だった。地震は終っていた。

気がついた時、志乃は机の下でしっかり三郎に抱かれていた。あわてて顔をあげると、すぐ近くに微笑している三郎の顔があった。

「危なかった……出ましょうか……」

二人が机の下から出るのと、亮三と十紀子が応接間へ入ってくるのと同時であった。

「志乃さん……よかった……怪我はない……」

十紀子夫人が夢中になって、志乃の全身をなでまわした。

その時、志乃は庭からぞろぞろひきあげた客の中に恭子の姿がないのに気がついた。

「ああ、恭子さんなら、とっくにお帰りになったのよ。地震のずっと前……なんでも、今日はデイトですって……」

十紀子夫人の言葉に志乃はびっくりした。

(恭子さんがデイト……)

客の中から、品のよい夫婦が志乃に近づいた。

「井口志乃さんですのね。わたくしども、三郎の親でございます。初めまして……」

4

翌日、恭子から電話があった。

どうだった。昨日の地震……に始まって、

「きいたわよ。辻本君が必死になって、志乃を救いにかけつけたんだって……彼、ぐっと点をかせいだわね」

「あら……あれは、ただ……」

「弁解ご無用……どう、志乃も満更じゃなかったでしょう。彼はいい人よ。こないだのドライブの帰りもね、わたしを食事に招待したくせに、あなたのことばっかりきくのよ。つまり、そのために、あたしにディナーをおごってくれたってわけなの」

「恭子……」

「まあ、よく考えて、お返事をなさいな。あたしは、彼ならあなたを幸せに出来ると思うけど……」

「待って……でも……あの、恭子さんはあの方のこと……」

「なにいってるの。彼がのぼせ上ってるのはあなたなのよ。そりゃね、あたしも彼みたいな人は好きよ。でもね、あたしには、まだまだ他にすてきな人がいるのよ。なにも志乃に惚《ほ》れちゃった人に片想いすることないじゃないの……それじゃね、又、報告をききに行くわ」

電話は明るく笑って切れた。

「志乃さん……」

十紀子が呼んだ。

「あのね、お客さまがおみえになるから、駅のそばの果物屋さんで、おいしそうな柿でもみてきてちょうだい」

買い物籠《かご》を下げて、志乃は出かけた。

恭子の電話が胸の中でおどっていた。

(嘘だわ……)

そうとしか思えなかった。恭子は冗談をいっているのだ。地震の時のことをきいて、恭子らしい冗談をいったのだと考えた。

果物屋で柿をえらんで買った。

戻りかけると、

「志乃さん……」

店の前に三郎が立っていた。

志乃は声が出なくなった。

「今、両親とここを通りがけに君をみつけたんだ。だから、父と母には先に行ってもらって、待ってたのさ」

「お父さまとお母さま……」

「もう、加東家へついているよ」

すると、十紀子夫人が客があるといったのは、辻本家の人々だったのだろうか。

自然に肩を並べて、ポプラ並木を志乃は三郎と歩いた。

「そのきもの、君にとてもよく似合う……」

　ぽつんと三郎がいった。

　志乃は久留米《くるめ》がすりに赤い帯をしめていた。

「一目惚《ひとめぼ》れって……信じますか……」

　三郎は照れたように志乃を眺め、それからあわてて、付け加えた。

「昨日、加東さんのお宅で、君の書いた軸をみましたよ。春の園、くれない匂う桃の花、下照《したで》る道に出《い》で立つ少女《おとめ》……いい歌だね、まるで、君自身のようだ……」

　志乃はなにもいえなくなっていた。

「ごめん、キザなこといっちまった……」

　三郎は喋《しゃべ》っては照れ、照れては又、喋った。

「君に惹《ひ》かれたのは、静岡の帰りに、君から野鳥に餌をやる話をきいた時だった。野の鳥にまで愛されている人……それは人間に愛される資格のある女《ひと》だと思った。その通りだった……君は親友の金丸さんにも、それから加東家の人々にも、本当に愛されていた。誰にとってもなくてはならない人だった……それに気がついた時、僕にとっても、君はなくてはならない人になってしまっていたんです……」

　足を止めて、三郎が正面から志乃をみつめた。

「僕とつき合って下さい。いや……そんなまだるっこしい言い方は卑怯《ひきょう》だ。僕と結婚して下さい。志乃さん……」

志乃の眼の中で、冬の空が青かった。

「どうしても、僕は君と結婚する。いやだといっても……絶対に結婚する……」

三郎の眼が志乃を捕えた。

「きっと、君が、僕って人間が好きになるよう、がんばってみせる……」

今頃、両親が加東家で、その話をしているだろう、とつけ加えて、三郎はうつむいた志乃の清潔な襟あしをみつめた。

愛が、枯れ葉の散った舗道に立っている二人を、ゆっくりと包んでいった。

見合旅行

1

屋号の「歌川」と女主人の「阿部《あべ》いね」の表札とが並んでかかっている。

磨きあげた格子戸をがらりと開けると半坪ばかりの粋《いき》な造作のたたき、那智《なち》黒《ぐろ》の小石をぎっしり敷きつめた間に自然石の沓《くつ》脱《ぬ》ぎが小ぢんまりと収っている。正面に二階へ続く階段がでんとして、右側に小座敷が縦に二つ、奥まったほうの正面に神棚、すみにまねき猫が大きくのさばりかえっていて、そのすぐ下に桑の洒落《しやれ》た長火鉢。二つの座敷の間の襖《ふすま》はめったに閉めないから、玄関を入るといきなり長火鉢の前までが見渡せる。同じように長火鉢の前に坐《すわ》った位置からは玄関を入って来た人間を首をのばせば覗《のぞ》けるわけだ。

「お須磨《すま》ちゃん……あんた、いつ帰って来たのさ」

「たった今。駅から真直ぐ、こっちへ来たんです」

夕暮時の芸者屋らしく、黒塗の駒下駄《こまげた》や草履やらがずらりと並んだ間へつま先をカットしたハイヒールを器用に割り込ませて、須磨子はスーツケースを下げたまま、長火鉢のある部屋へ身軽く上がった。

「ただいま。どうも勝手に長いこと休ませて頂いてすみませんでした」

ナイロンのストッキングに包まれた脚を形よく折って、きちんと手を突いた。

「長いことったって、たったの五日ばかしじゃないの。あんまり早く帰って来たんで驚いちまった。それで、須磨ちゃん……」

阿部いねは声の調子を落として唇に薄い微笑を浮かべた。

「どうだったのさ。お見合は……」

下から見上げた眼に好奇心がはっきり出ている。

「しましたわ。でも、断わることにしました」

「断わられたんじゃないの」

「先に断わったのは私です。けど、別れぎわにアルバイトに芸者してるってこと、ばらして来ましたから勿論《もちろん》、あちらでも断わるでしょう」

「なんで又、そんな……彼氏が気に入らなかったたっての」

「ええ」

「あっさりしてるね。随分、いいような縁談《はなし》だったたってのに……」

「聞くのと見るのとでは大ちがいですよ」

「そうかねえ」

鼻で嘆息をつき、いねは茶簞笥《ちゃだんす》から客用の湯呑《ゆのみ》を出した。或《あ》る安心がいねの顔に出た。

「あんたは一週間ばかり休むって言ってたけど、宮崎の親類へ見合のために呼ばれて行くんだって聞いたから、あたしはてっきり廃業になるなって睨《にら》んでたんだよ。今度、お須磨ちゃんがそこへ坐る時は、長々お世話になりましたってね」

「嫌だわ。おかあさん、今、廃業したら食べられませんよ」

笑った声を、階段から下りて来た足音が聞きつけた。

「やあだ。お須磨ちゃんじゃないか」

どたどたとかけ下りて来て、べたりとすわった。顔は化粧がきわ立って見事だが、長襦袢《ながじゅばん》に伊達締《だてじ》め一本、きゅっとくびれた胴の下に丸い腰が豊かな線を描いている。

「もう帰って来たの」

「お須磨ちゃんの結婚就職は御破算なんだってよ」

いねはじろりと染千代《そめちよ》を見た。

「なんて恰好《かっこう》だよ。染ちゃん」

「暑くて暑くて……とても着物きる気がしないんだもの。おかあさん、ドライアイス買って来てもらって下さいよ」

「又かい。身体に毒だろ」

「平気よ。無害だってお医者さんに聞いたもの」

いねは眉《まゆ》をよせ、台所へ向けて下働きの女の名を呼んだ。五十円玉を渡して、

「角のクリーム屋へ行って来とくれよ」

女が心得顔に消えると、須磨子はその間にスーツケースから土産物の包を出して長火鉢の横へおいた。

「蒲葵《ほ》《い》扇なんですよ。青島《あおしま》で買って来たんですけど、なんにもない土地なんで……」

いねが礼を言う先に、染千代が言った。

「須磨ちゃん、青島へ行ったの」

「宮崎から近いのよ。観光バスが出ていて」

「いい所……」

「島っていうけど、陸から橋がかかっててね。干潮の時は砂地を歩いても渡れるのよ。風がひどくて砂ほこりで……観光客はぞろぞろいるし……」

「ジャングルみたいな樹があるんだってね」

「ビロウ樹だのヤシだの……たいしたことなかったわ」

「青島っていやあ、昨夜《ゆうべ》、雅夫《まさお》が話してたけど、日南《にちなん》海岸ってのの近くなんだろう」

たっぷり注いだ湯呑を須磨子の前へ置きながら、いねが口をはさんだ。

「雅夫さんが……？」

ちらと須磨子の表情を狼狽《ろうばい》がかすめた。

「雅夫さん、青島のほうへいらっしゃったのですか」

「なにね、テレビのお仲間の誰とかさんが結婚して新婚旅行で九州へ行って来たんだってさ。さんざん聞かされて、げっそりしたらしいよ。あんたが見合に宮崎へ行ってるって話したらびっくりしてたっけね」

「まあ」

須磨子の横顔に別な表情が動いた。

「あの子も相変らず忙しそうでね。テレビのディレクターなんてのは将来性もあるし、お月給も他よりはいいらしいけど、ああいそがしくっちゃあ体がもたないんじゃないかね」

神崎《かんざき》雅夫はいねの姉の子である。Kテレビのディレクターとしては若手のナンバーワン的存在で、昨年の芸術祭には彼の演出したドラマが文部大臣賞を獲得している。

いねがこの甥《おい》の噂をするとき、必ず優秀な肉親を持つ得意さが言葉のはしはしに蠢《うご》めいた。

「お須磨ちゃん、お見合、止めたって、彼氏いかさなかったのかい」

染千代が袂《たもと》から煙草を出しながら訊《き》いた。

「どんな男だったのさ」

「実直そうな人よ。背が高くて、ま、ハンサムかな……」

「悪くないじゃない」

「県庁へつとめていて、両親はお医者さん……結婚したら別に暮していいっていうの」

「そんないい話、なんだって止めたのよ。もったいないわ。田舎に住むのが嫌だから……」

「それもあるけど……なんだか……」

曖昧《あいまい》な微笑を浮かべて、須磨子はうつむいた。

「もったいないわねえ。あたしならとびついちゃうのに……」

実感のこもった声で染千代が言ったとき、のれんから使いに出した女が顔を覗かせた。お待ち遠さまと紙包を出す。包から白い煙が上っていた。

「有難う」

紙包から一片のドライアイスをつまみ出して、染千代は手早くガーゼに包み直した。厚手のハンカチにもう一つくるんで伊達巻の間に押し込む。

「ああ、涼しい」

残りを紙包のまま、須磨子へ差し出した。

「お座敷へ出るんなら使いなさいよ」

「貰《もら》うわ」

受け取って、いねへ言った。

「おかあさん、今日、働きますから検番へそう言って下さいません」

「そりゃあ、言ってあげるけど……タフだねえ、宮崎から二十何時間も汽車に揺られてきてさ」

「だって、もったいないんですもの。着物きて坐《すわ》ってればお金になるのに……」

「はいよ。たんとお稼ぎなさいまし」

どっこいしょと立ち上がって、いねは芸者の名札と出先の料亭の名と電話番号がずらりと並べてある下の受話器を取った。

「こちら歌川……はい、いつもどうもお世話さま……須磨子が帰って来ましてね。ええ、そうなんです。え、よろしくどうぞ」

2

最後のお座敷はM銀行の宴会で、染千代も一緒だった。馴染《なじ》みの客だと十時にお座敷が終ってからナイトクラブへつき合わされたり、夜食をおごってもらったりになりがちだが今夜はそんな誘いもなく、歌川へ戻って着がえをすると二人そろってタクシーを止めた。

「青山へ行ってよ。原宿駅のほう……」

マンションの所在地を運転手に告げて染千代はぐったりとクッションに体を埋《うず》めた。

「私の留守中、ずっとタクシー使ってたの」

「そうよ。自家用車はマンションの駐車場に棚ざらし……」

「もったいない。タクシー代、馬鹿にならないでしょう」

「仕様がないじゃないの。あんたが居ないんだから」

「運転、習えばいいのに……」

「駄目、お頭《つむ》も運動神経もよわいからね」

新橋《しんばし》、赤坂《あかさか》、柳橋《やなぎばし》などという東京でも一流の花柳界《かりゅうかい》の芸者が高級マンションに住み、自家用車を運転して籍をおいている芸者屋へ通勤してきて、お座敷をつとめるという例がそれほど珍しく話題にもされなくなっている昨今《こ》である。

おかあさんと呼び、うちの妓と、呼称は昔ながらに気易げだが、芸者屋に住み込むのはいわゆる見習っ妓の半年そこそこ、お披露目がすむと大抵がさっさと芸者と検番を出てマンション暮しに落ち着く。芸者屋は規定の看板料をもらって、芸者と検番の連絡所めいた役割をつとめるだけだ。一人の芸者が芸者屋の女将《おかみ》に支払うのは看板料の他には少々の電話料、盆暮のつけとどけも年々、あっさりと形ばかりになっている。

下地っ子からみっちり仕込んで一人前の芸妓《げいぎ》に育ててなどという台辞《せりふ》も、もう通用しない。恩の義理の、辛抱の我慢のということばが当世風のドライに割り切られて、日なたに放り出された切り花みたいにしおれかえっている。せいぜい金をかけて売れっ妓に仕上げ、いい旦那《だんな》をみつけてとの皮算用も、女将にパトロンを押しつけられる先に、お座敷で一対一の交渉をさっさとまとめ、けろりと報告してくる。そうでなくとも少年福祉法、労働基準法、もう一つ厄介な売春防止法に縛られて手間ひまのかかる待合を舞台にしなくとも、お互いに客と芸者に話し合いがつけば、花柳界以外に情事の場所はいくらでも求められる。結局、安上がりだし、芸者もお客も損得勘定が一致すれば〝おかあさん〟の存在は完全に宙に浮いてしまうのだ。

芸者が芸者屋に住み込まなくなったことが、よくも悪くも長い間つづいて来た〝おかあさん〟と〝うちの妓《こ》〟の関係をさっぱりとぶち切ってしまったようだ。マンションから通勤してくるのでは制約のつけようがない。

芸者の稼ぎ高を、抱え主が六分、当人が四分という「わけ」のシステムも、若い女の合理主義に圧倒されて、看板貸しの形にすり替っているのだ。

マンションの入口はホテルの様式に似ていた。自動式のエレベーターのボタンを須磨子がおす。

部屋は五階だった。

鍵《かぎ》は染千代のを使った。二人が一つずつ、予備がマンションの管理室に一個ある筈《はず》だ。

暗い中で染千代の指がスイッチを探す。馴《な》れた動作だった。

明るくなった部屋は洋間だった。応接セットが配置よく並べてある。一隅にカーテンをひいてある内部がキッチンだった。中二階にバスルームと個室が二つ。小さいほうのが須磨子の部屋だった。

この贅沢《ぜいたく》な部屋の借り主は染千代だった。部屋代は彼女のパトロンが支払っている。有名な証券会社の重役であるパトロンはこの部屋を借りる時に染千代と一緒に来たきり、一度も訪ねて来ない。自分が金を出している女の部屋をちょくちょく訪れるのはパトロンとしてあまりスマートでないと考えているのと、女のマンションへわざわざ来る時間の余裕がないせいもあった。

染千代がそのパトロンと逢《あ》うのは夜のお座敷か、ゴルフの名目で出かける箱根《はこね》や伊豆《いず》や、那須《なす》などのホテルでに限られていた。

須磨子は、四年前、芸者になってすぐ、この染千代の部屋を一部屋借りることになった。部屋代の半分は染千代に払う。染千代にとっては只儲《ただもう》けだし、須磨子にとっても安い家賃で冷暖房完備のマンションに住めるのは願ってもない事だった。須磨子が借りているのは中二階の六畳だが、階下の洋間もキッチンもバスルームも染千代は気がねなく使わせてくれる。水道代、電気、ガス代、雑費は全部半分ずつだが、電気冷蔵庫も洗濯機も新品のピカピカしているのが備えつけてあって、自由に利用出来た。その代り、染千代の洗濯ものはアイロンかけまで須磨子がしてやる。

「お須磨ちゃんと住むようになってからクリーニング代がどかんと浮いたわ」

それまでは肌着類から足袋《たび》まで洗濯屋まかせだったときいて、須磨子は目を丸くした。下着や足袋をクリーニングさせるということは教育者の娘に育った彼女の常識には全くなかった。

二人が看板借りをしている「歌川」までの往復も、タクシーを使っていたのだが、須磨子が体のあいている昼の時間にせっせと教習所通いをして運転免許を取り、染千代がパトロンにねだって国産車を買ってもらった。以来、運転は須磨子の役、ガソリン代は染千代持ちである。

「須磨ちゃん、あんた、馬鹿だよ」

部屋へ入るなり浴衣《ゆかた》の帯を解き出しながら染千代が言った。タクシーの中で言いたかったのを運転手の耳をはばかって我慢して来た声の調子である。その相手に目だけで笑ってみせて、須磨子は手早く洋服箪笥《ようふくだんす》から乱れ箱を出して染千代の足許《あしもと》へおいてやった。脱いだ着物、肌襦袢《はだじゅばん》、帯、帯締め、腰紐《こしひも》が乱暴に箱の中へ放り込まれる。

「馬鹿も馬鹿、大馬鹿だわ。折角のお見合を断わるのが第一の馬鹿、第二の馬鹿は断わるくらいなら、なんで宮崎へ見合に行くなんておかあさんに話しちまったのさ」

「いけなかったかしら」

須磨子はやんわりと受けて、散らかっている部屋を片づけにかかった。五日前に出て行った時、きちんと整理してなめて拭《ふ》いたようだった部屋が、まるで芝居の小道具部屋だ。無論、掃除は五日間していない。

「いけないともさ」

染千代は素裸になると、これも須磨子が出しておいたタオルのガウンをひっかけ、冷蔵庫からジュースを持ち出して長椅子に横坐《よこずわ》りした。

「人もあろうに、あのおしゃべりなおかあさんに話すんだもの、あんたが見合しに行ったことは一日で検番中の噂の種さ」

「見合するって、悪いことかしら」

「そうじゃないけど、芸者が見合するってのはやっぱりありふれた話じゃないからね。面白半分、どうせ何だのかんだの噂してる所へ、止めましたって帰ってくるんだものさ。みんな、それみたことかって顔してる。友達の私だってなんだか恥ずかしいような、腹が立つような……あんた、平気なの」

「だって結婚して失敗して帰って来たのなら少々は肩身がせまいかも知れないけど、お見合ってのは女のほうにもえらぶ権利があるものでしょう」

「それだって、誰もあんたが断わったとは思やしないわ。あんたが普通のお嬢さんなら、美人だし、才女だし、あんたのほうから断わったって当り前かも知れないけどさ。あんた、芸者だもん……」

「芸者でも、相手が嫌なら断わるわ」

「お須磨ちゃん……」

ジュース一本を一息に飲んで、染千代は悪戯《いたずら》っぽい顔になった。

「あんた、好きな人があるんでしょう。お見合、断わったの、その故《せい》でしょう。どう？」

須磨子は答えないで二階へ上がって行った。バスルームの戸をあけて、お湯の栓をひねったらしい。水音が急に高くなった。スリッパの音が階段を下りてくる。待ちかまえていて、染千代はずばりと言った。

「雅夫さんから電話がかかって来たわよ。あんたが宮崎の親類に呼ばれてお見合に行ったのは本当かって、ひどく真剣な声だったわ」

スリッパが階段の途中で止まった。

「お須磨ちゃん、あんた、雅夫さんと結婚したら……。おかあさんの台詞《せりふ》じゃないけど、テレビのディレクターで将来性はたっぷりあるし、両親も兄弟もないんだからうるさくないし、土地つきの家は持ってるんだし、月給だって少なくなさそうだし、ハンサムだし……」

「駄目よ。私なんか……」

否定しながら、須磨子は明るく言った。

「お風呂《ふろ》、お入んなさいよ。お湯があふれちゃうわ」

自分から、ばたばたと階段を又、上がって行った。

3

スーパーマーケットで朝食用のパンと玉子を買うと、須磨子はゆっくりドアを押した。道路をへだてた向かい側に遠くテレビ塔が見える。Kテレビの塔であった。

町並みの上に高く聳《そび》えているその塔を見る度に、須磨子の瞼《まぶた》には一つの顔が浮かぶ。

神崎雅夫の浅黒い、少しばかり神経質そうな前向きの顔である。

須磨子が神崎雅夫を異性として、或《あ》る想いを持つようになったのは、芸者になって二年目、彼女は昼間の中《うち》、月水は料理学校へ火木土は洋裁学校へ通学しはじめた頃である。

料理学校は有楽町《ゆうらくちょう》に近いビルの四階にあった。授業が終るのが三時、かかりつけの銀座《ぎんざ》の美容院へ寄って、その足で「歌川」へ行くと六時からの約束のお座敷に丁度いい時間だった。

ノートを入れた大型のハンドバッグを抱え直してビルを出る、出合いがしらにジャンパー姿の雅夫とすれちがったものだ。

あら、とつい声に出てしまって、ふりかえった雅夫が咄嗟《とっさ》に彼女を思い出せなかった時の当惑を須磨子はしっかりとおぼえている。

「あわてちゃったな。本当にわかんなかったんだ。須磨子です、歌川の、って言われて面喰《めんくら》ったよ。どう見たって素人《しろうと》のお嬢さんだ。おまけに料理学校へ行ってるっていうしさ。芸者が昼間、料理学校や洋裁学校へ通ってるなんざ、僕たちの知識にないことだしね」

後になって、雅夫は二人の出合いをそんなふうに笑った。それ以前に雅夫が須磨子を見たのは、芸者見習として彼女が「歌川」へ住み込みの時分、叔母《おば》を訪ねて来た彼にビールを運んだり、おしぼりの用意をしたり程度のことで、会話らしい会話は挨拶《あいさつ》以外にはなかった。「歌川」に住み込んでいた頃の須磨子は地味な和服に髪も後でひっつめていた。ショートカットに赤いセーター、黒白のグレンチェックのタイトスカート、黒のハイヒールの須磨子を見違えても仕方がない。

「女は化け物っておっしゃりたいんでしょう。衣裳《いしょう》が変ると、顔も内容《なかみ》も変ってみえる」

「いや、全くね。銀座のど真中で真昼間から化かされちまった」

そんな会話のやりとりであっさり別れたのだが、雅夫の須磨子に対する印象はかなり強烈だったらしく、一週間ばかり経つと彼のほうから料理学校へ電話して来た。

「よく、お分りになりましたのね。私の授業日が……」

須磨子はあきれた。受話器を取るまで、彼からとは夢にも想像出来なかったのだ。

「昨日、叔母の所へ行きましてね。あなたのこと、いろいろ聞いてきましたよ」

銀座のGという喫茶店で待つから、よかったら来ないかという誘いに須磨子は応じた。授業が終るのを待ちかねてとんで行った。

喫茶店のすみで雅夫は同じテレビの仕事仲間らしい男と話し込んでいた。つれがあると思わなかった須磨子は当《あて》がはずれた顔になったが、須磨子が近づくと、相手の男は立ち上がってそそくさと別れて行った。

「お邪魔でしたかしら……」

ぎこちなく、須磨子は坐《すわ》った。夜のお座敷での客あしらいは随分、馴《な》れたし、気のきいた軽口も下手なほうではないのに、雅夫の前では女学生のように固くなっている。

「なに、貴女《あなた》の現れるまでの時間つぶしですよ。もう、済んだんです」

雅夫は叔母の阿部いねから、須磨子が芸者になるまでのいきさつをかなりくわしく聞き出して来ていた。

「お父さんは大学の教授だったそうですね」

須磨子はうなずいた。

「叔母が芸者をしている時分に世話になっていた人が、あなたのお父さんの友達だったんですってね」

阿部いねのパトロンであった実業家と須磨子の父とは同郷の知人だった。大学も同じK大で親しく交際《つきあ》っていた関係から、父も阿部いねとは面識があった。そんな縁故で、須磨子の父の葬儀の日に、いねも焼香に来てくれて生前の父のことを家族と共にしのび合ったりした。須磨子が芸者になろうと決心して阿部いねを頼って行ったのは、その葬儀の折に彼女が現在、一流の花柳界《かりゅうかい》で芸者屋の女主人におさまっていると知った為である。

「しかし、よく御家族が反対しませんでしたね」

「私、義母と折合が悪かったんです。高校時代から学校の寮へ入っていました」

生母は終戦の年に病死していた。二度目の母は須磨子の母が生きていた頃から父と関係のあった女で、すでに父との間に二児があった。一周忌を待たずに父は母子三人を家へ入れ、正式に入籍した。須磨子は中学を終えると、家庭から逃れるように高校の寮舎へ入った。休みにも殆《ほとん》ど帰宅しない。義母とも義弟妹とも他人行義を守った。大学一年の時、父が死ぬと、家とは完全に縁が切れたようになった。頼りになる親類もなかった。

「私、父が私のために貯金してくれておいたものを資本にして芸者になろうと考えました。日本舞踊が好きで五年も稽古《けいこ》をしていましたから、芸の下地はあると思ったんです」

踊りの稽古所で親しくなった芸者衆から、芸者の世界の知識はかなり詳しくなっていた。

無一文で借金してお披露目しても二年も働けばなんとか一本立ちが出来るし、もし、借金しなければもっと有利に稼げる。売れっ妓《こ》ならお座敷だけで生活出来る収入がまず魅力だった。それと、芸者の就業時間は先口《せんくち》が六時から八時、後口《あとくち》が八時から十時。仕度のために五時に芸者屋へ入るとしても昼の時間はすっぽり空いている。大抵の芸者は夜の遅いのを口実に朝寝して、午後からゆっくりと稽古に出かけるか、稽古のない日はテレビや映画や雑然とした時間つぶしで済んでしまうが、自分でやる気になれば料理学校へでも洋裁学校へでも充分に通学出来る。

「勿論《もちろん》、短大へだって行けると思ったんですけれど、女はいずれ家庭へ入るんですし、短大でどうでもいいような勉強をしているより洋裁や料理を習うほうが、同じお金を費《つか》うのなら合理的だと考えたんです」

とにかく、須磨子は芸者という職業をフルに利用し、合理的に割り切ろうとした。

須磨子のお披露目した土地には芸者学校というのがあって一定の月謝で舞踊、長《なが》唄《うた》、清元、お茶、生花、習字、絵画、英会話、ダンスまで教えている。普通は好きなものを二、三課目習えばよいのだが、須磨子は時間のやりくりをして全課目を習った。

「だって、全部習っても、一課目でも月謝は同じですもの。がめついみたいだけど、習わなけりゃあ損でしょう」

一通り、そういう稽古事をマスターすると自動車の運転を習い、その次は料理と洋裁の学校へ籍をおいた。

「普通のOLじゃ、とてもこれだけの稽古事っていうのか、花嫁修業をする余裕はないみたいですし、第一、食べるのが一杯で月謝まではなかなかですもの。私、芸者を一つのビジネスとして割り切って活用しようと思ったんです。幸い着物は或る程度持っていましたし、派手な温習会《おさらいかい》に出たり、最初に借金さえしていなければパトロンなしだって大丈夫やって行けるんです」

須磨子は雄弁に喋《しゃべ》った。自分を理解してもらおうと必死になっていた。

「それにしても、よくやって来たと思うな、素人のお嬢さんが……」

しみじみした雅夫の言葉が須磨子には嬉《うれ》しかった。

「君のような女の人がいるってことは大きな刺戟《しげき》だな。僕なんか、もっと生きる事に必死にならないと……」

「あら、男の方は立派ですわ。ちゃんとした仕事をしていらっしゃるんですもの」

「須磨子さんこそ立派ですよ」

「雅夫さんのように芸術的なお仕事はしてませんことよ」

そんな会話が何回かに分けて繰り返される中《うち》、月に二、三回、須磨子のほうから雅夫の家へ電話をかけて連絡を取る約束が出来、一緒に映画や芝居を見たり、食事をしたりという習慣がつくられた。

雅夫は麻布《あざぶ》に両親から遺された家があり、親の代からいる初老のお手伝いと暮している。家屋は旧式な戦前の建築だが土地は二百坪近くあった。一人息子だし、父親は外地で戦病死、母は数年前に肝硬変で死亡していた。係累のない、気楽な独身者である。須磨子が電話するのに気づまりな相手はいない。雅夫から連絡してくることは殆どなかった。マンションに電話されては染千代の耳があるし、歌川では尚《なお》更《さら》、都合が悪い。恋人とも友人ともつかぬ曖昧《あいまい》な交際だったが、雅夫も須磨子も周囲に気づかれる事を避けていた。

周囲の誰もが気づかないのを、須磨子は最初、二人だけの恋の秘密のように感じて胸をときめかしていた。が、近頃になって物足りない想いのほうが強くなった。交際が一年の余にもなるのに、相変らず映画、食事のディトコースだ。映画も芝居も、ディレクターである雅夫には仕事のネタであり、参考書みたいなものだ。

(あの人の勉強のお供をしてるみたい)

不満がちろちろ、ガス火のような青さで燃え出している。口には出せない。将来の約束はおろか、手を握ったことすらないような交際はしつけ糸よりか細かった。何かのはずみでぷつんと切れればそれっきりよりも戻らない。

須磨子はいつの間にか、雅夫を自分の結婚候補者に意識しはじめていた。資産はある、人物は成長株だし、家族関係もうるさくない。彼の妻になれば幸せな一生が送れそうだった。芸者をしながら、がめつく稼いで料理や洋裁や茶道や生花まで、女として必要そうな稽古事は欲ばれるだけ欲ばって習得したのも、優秀な花嫁としての資格のため、将来の幸福な結婚を前提としての努力である。対象になる男性を獲得しなければ、努力が無駄になる。

二十五という年齢に、須磨子はあせりを感じていた。

マンションへ戻ると、染千代が眠そうな眼で冷蔵庫を覗《のぞ》いていた。須磨子を見ると化粧荒れのした素顔でくしゃくしゃと笑った。

「電話があったわよ」

「え？」

わからない表情を作ったが、或《あ》る期待が閃《ひらめ》いた。

「雅夫さん……どうしても急用があるからお昼までに明治神宮の菖蒲園《しょうぶえん》へ来てくれってさ。あんなロマンチックな所へ呼び出すなんて、どんな急用だか知れたもんじゃないわよ」

4

明治神宮の菖蒲園で、須磨子は神崎雅夫のプロポーズを受け入れた。

「ひどいよ。君は。断わりもなしに宮崎までお見合しに行くなんて、そいつを聞いてから今日まで、全然、仕事が手につかなかった」

「親類から無理に勧められたのよ。それに、雅夫さんに結婚の意志があるなんて知らなかったんですもの」

「以心伝心、わかってくれてると思ったがな」

「じゃ、いつプロポーズなさる気だったの」

「そいつは別に、まだ考えてなかったけど、見合に行ったと聞いたとたん、ショックで気が遠くなった」

「オーバーね」

須磨子は満足そうに笑った。

「こうなったら善は急げだ。挙式は秋にしようや」

今までの、だらだらした交際の反動のように、雅夫はせっかちになっていた。その日の中《うち》に「歌川」へ出かけて阿部いねに打ちあけた。

「へえ、そうかねえ、テレビの仕事なんかしてると、あんな合理主義のかたまりみたいな女がいいのかねえ」

いねは目を丸くしたが、反対はしなかった。

須磨子の義母の許《もと》へは、いねが縁談の使者に出かけた。無論、ここもどうという事はない。話はすらすらっと運んだ。

「どっちも身内が少ないけど、あんた、宮崎の御親類へは話に行って来ないでいいのかい」

ふと、いねが思い出して訊《き》いた。

「いえ……いいんです。あそこは……」

「だって、あんたのお父さんの弟さんかなんかだったろう」

「手紙で知らせましたけど、この前の見合の事で、すっかり腹を立てて、もうお前とは縁を切ったなんて言ってるもんですから……。かまわないんです。別に世話になったこともないんですし……」

須磨子はきっぱりと拒絶した。

検番のほうは七月一杯で廃業の届けを出すことになっていた。どうせ夜は体があいてしまうし、秋までは働いても、と須磨子は言ったが、これは雅夫が許さなかった。

「男って独占欲が強いのね。いざ俺の女房ときまったら、他の男の酌をするのも気にいらないってわけか」

染千代は夜の無聊《ぶりょう》をもて余している須磨子を横目に見て言った。

「ああア、私も御清潔に稼いでお須磨ちゃんみたいないい縁談を探せばよかった」

芸者は止めても、須磨子は染千代のマンションで暮していた。

「もうあと三か月ばかりじゃないの。よければここからお嫁入りしなさいよ。青山と麻布なら引っ越しするったって目と鼻の先だもん、引っ越し代が安くあがるわ」

と言う染千代の好意に甘えた恰好《かっこう》である。

その染千代が「歌川」の二階で座敷着に着がえている時、雅夫から電話があった。

「お間違いじゃないの。須磨ちゃんならマンションだのに……」

笑いながら出た電話口で、染千代の表情が変った。

「おかあさん、私、ちょっと出て来ます。すいませんけど、約束、断わっといて下さいな」

座敷着を浴衣《ゆかた》に着がえて、染千代が指定の場所にかけつけると、雅夫はうす暗い道ばたに突っ立っていた。雨もよいの空はもう暮れ切っている。

「いやだわ。こんな寂しい所、痴漢が出そうじゃないの」

東京の真ん中にもまだこんな場所が残っているかと驚くような草ぼうぼうの空地である。もっとも近々にビルでも建つ予定らしく木札だけは三か所くらいにうってある。

「光子《みつこ》が、芸者になるとき、それまで短大でつきあってたボーイフレンドの五人に一年間の期限で拾万円ずつの金を借りたって話、染千代さんは知ってますか」

「なによ、藪《やぶ》から棒《ぼう》に……」

染千代は面喰《めんくら》った。婚約してからの雅夫は須磨子を本名の三枝《さえぐさ》光子で呼ぶ。耳馴《みみな》れないから染千代には別人の話のようだ。

「須磨ちゃんとの結婚のことで重大な話があるっていうから、高田馬場《たかだのばば》の安兵衛《やすべえ》気取りでかけつけて来たのに……」

外燈《がいとう》の下で蒼白《あおじろ》く、神経質をむき出しにしたような雅夫の顔色を、染千代は用心しいしい見上げた。

「その話なら聞いてるわよ」

「借金の抵当が自分の体だったっていうじゃないか」

「雅夫さん、そんな話、誰から聞いたのさ」

芸者仲間では染千代くらいしか知らないことだ。「歌川」の女将《おかみ》にも話していない。

「そのボーイフレンドの五人の中の一人が、うちの局の後輩なんだ。僕が光子と歩いてるのをそいつが見て、結婚する相手とは知らずに喋《しやべ》ったんだ」

「へえ、お宅の後輩……」

汗ばんでいる首筋からぴくぴく痙攣《けいれん》している雅夫の顳顬《こめかみ》を目のすみに見て、染千代は早口になった。

「だけどさ、なにも抵当流れになったわけじゃあないもの。ちゃんと締切の日に五人並べておいて元金に六分の利子つけて返したわ。私が立ち会ってるんだもの、なによりの証人よ」

「返せたからいい。もし返せなかったら、どうする気だったんだ」

「返せるのよ。あの人、お金は持ってたんだもの。お父さんがあの人の名義にしといた株があってね。ただ、その株がお披露目の時期に暴落してたのよ。かたい株だから暴落って言ったって、全部売れば百万やそこらにはなったんだけど、あの人が株の専門家に聞いたら、半年持ってれば完全に持ち直すから、今売ったら絶対に損だって言ったんだって。それで、あの人、考えてボーイフレンドに借りたのよ。それが夏で、株は秋の終りには三倍近くになったでしょう。あの人、半分だけ売って、それだけは貯金にしといたもの。ちゃんと返せるようになってたわよ。あとの株はそのままだったから、まだまだ上がったもんね。ぐっと儲《もう》けられたし、うまいことやったわ」

あっけにとられている雅夫へ、くすんと鼻で笑った。

「面白かったわよ。五人並べといて元金と利子を返した時、俺一人は抵当流れにしてもらいたいって顔を五人ともしてたわ。男って馬鹿よ。全く……」

「しかし……不快だな。金があったんなら尚更《なおさら》、なにも体を抵当にしてまで男から借りることはないじゃないか。少々の損得の問題じゃない」

「お須磨ちゃんは利口だからよ」

「僕は、今の話を聞いてあの人の合理主義ってのがこつんと来るんだ。なにもかも計算ずく……なんだか味けないっていうか、興醒《きょうざ》めしたような気がする」

重く、雅夫は煙草に火をつけた。

「今更そんなこと言っちゃあ、お須磨ちゃんが可哀そうよ。あの人、あんたが好きだからこそ親類と絶縁されてまでお見合を断わって来たんじゃないの。あの時はまだ雅夫さんが結婚する意志があるかどうかもわかんないっていうのに。純情よ。あの人。少なくとも雅夫さんに対しては合理主義じゃないわ」

どちらからともなく歩き出しながら、染千代は続けた。

「青島みたいなロマンチックな所で見合したっていうのに、あの人ったら雅夫さんのことばかり考えてるもんで景色なんか目に入んなかったんでしょう。青島なんて砂ほこりがひどいだけだってさ。宮崎の観光会社の人が聞いたら嘆くわね」

道が商店街へ出て、そこでタクシーを拾った。車が動き出した時、雨が二筋、フロントガラスをかすめた。

「ねえ、あんまりこだわらないでやってよ。あの人だって苦労して来たんだものね」

無言で煙草をふかしている雅夫の横顔に多少の許容の色を見出《みいだ》して、染千代はもう一つ念を押した。

車が銀座へ入る頃、雨はかなり激しくなっていた。土曜日の夜である。雑踏には濡《ぬ》れねずみのアベックが目立った。相合傘も少なくない。

「染ちゃん、光子が宮崎へ行ったのは六月の……何日だったかな」

不意に雅夫が訊《き》いた。

「五月の末よ。帰って来たのが火曜だから、二十九日だわ」

ハンドバッグの中から手帳を出して染千代は七曜表を確かめた。

「すると、青島で見合をしたのは二十八日……」

「二十七日の日曜だって言ってたわ。翌日の二時すぎの急行に乗ると二十九日の夕方、五時ちょっと前に東京へ着くのよ。宮崎から丸一日以上もかかるのね。南の果てだから……」

ぐいと雅夫がクッションから体を起こした。

「光子の見合は二十七日に間違いないね」

「そうよ。相手が県庁勤めのサラリーマンだから日曜でないと駄目……」

「光子は見合の日に青島が砂ほこりでひどかったって言ったんですね」

「そうよ」

「染ちゃん」

雅夫の語気は荒かった。

「二十七日の青島は雨だった筈《はず》だ」

「え？」

「僕の仲間がハネムーンで青島へ行っている。つい昨夜、その写真を見て来たんだが、青島は雨で、二人とも宿の借り傘をさしているんだ。彼らは青島を見物した夕方の飛行機で宮崎を発《た》ち、その夜に帰京して、彼は翌日、月曜の仕事に局へ出て来ている。青島の雨のスナップは二十七日だ。偶然、同じ二十七日に青島で見合した光子が砂ほこりをあびて、彼らは雨の青島見物をした。染ちゃん、これはどういうことなんだ」

5

Kテレビ局で雅夫を降ろし、染千代はそのままタクシーを青山のマンションへまわした。

エレベーターのボタンを押す指もぎくしゃくしている。草履の先で蹴《け》とばすようにドアを開けた。

部屋の中央で白いウエディングドレスをひろげていた須磨子がふりむいた。

「あら、早かったじゃないの。忘れ物？」

ドレスを胸に当てて、染千代へ気どって見せた。

「なによ。そんなもの……」

染千代はハンドバッグをテーブルの上に放り出した。

「お向かいの部屋の中野《なかの》さんの奥様のなのよ。いつか結婚式の写真、拝見したの思い出してね。あの奥さんと私と背恰好《せかっこう》が同じくらいでしょう。もしやと思って頼んでみたらOKだったの」

「OKってなにが……」

「このドレスお借りするのよ。結婚式のとき。ウエディングドレスの貸料ってすごく高いの。中野さんの奥様ね、汚さなければ五千円でいいっていうの。着てみたらぴったりでしょう……」

「須磨ちゃん」

立ちふさがるように、染千代は須磨子に向かい合った。

「あんた、宮崎に親類なんかないんだろ」

須磨子の笑いが凍った。

「青島でお見合したのも嘘ね」

「嘘じゃないわ。風のひどい日で、砂が吹きあげて……」

「二十七日の青島はどしゃぶりの雨よ」

追いかぶせて続けた。

「あんた、雨ん中でお見合したの」

染千代は睨《にら》みつけた須磨子の表情が醜くゆがむのを認めた。

「お見合するって大袈裟《おおげさ》に宣伝したの、雅夫さんの気を引く計算だったのね。男なんて結婚する程の気もなくてつき合ってても、相手に縁談があったりすると、急に惜しくなってあわてて結婚するつもりになる。あんたの算盤《そろばん》はぴたりだったけど、どたん場で御破算だわ。雅夫さんはもう何もかも御存じよ」

須磨子の顔から血の色が失《う》せた。

「雅夫さんの友達が二十七日にハネムーンで青島へ行ってる。雨傘さした写真が青島を背景にしてちゃんと写ってるそうよ」

ううっと嗚咽《おえつ》が須磨子の唇を割った。

「泣いたって間に合わないわ。雅夫さんをあんた、ペテンにかけたんだもの」

染千代は長椅子の上のクッションを取ってカーペットの上におき、べったりと腰を下ろした。須磨子は背をむけて泣きじゃくっている。

「なんで嘘の見合の場所を宮崎にしたのさ。よりによって……」

暫《しばら》くの無言の後、がっかりしたように染千代が呟《つぶや》いた。

「昔、うちにいたお手伝いさんが宮崎の人だったのよ。それと、遠くの土地でないとばれやすいと思って……」

泣きじゃくりに混って答えが聞こえた。

「雅夫さんと、そんなに結婚したかったの」

「考えに考えたあげくよ。何日も……何日も」

「宮崎へ行かないで五日間もどこに居たの」

「遠くへ行くとお金がかかるから、伊豆の下田《しもだ》のそばの温泉へ行ってたわ。雨が降らないで風ばかり吹いて……」

「それで、青島も砂ほこりにしちまったのか」

染千代の声がほぐれた。

「歌川のおかあさんへのお土産の蒲葵《ほい》扇は、どこで買ったのさ」

「Mデパートで南九州の物産展をしてたのよ」

「ふーん、雅夫さんもおそらく、そうじゃないかって言ってたよ。ずばりだね」

「雅夫さん、怒ってたでしょうね」

「怒るより、深刻がっちまってた」

「もう、駄目かしら……ね」

染千代を見た須磨子の眼から、ぼろぼろと新しい涙がこぼれている。

「あの人、けっこう神経質だからね。実業家だの政治家だのなら、清濁併せ呑《の》んじまって、あんまり考えないだろうけど……」

立ち上って、窓ぎわへ寄った。カーテンを邪慳《じゃけん》に引いた。

「一生懸命だったのよ。私、幸せな結婚がしたいと思って……」

訴えるような須磨子の声がみじめだった。窓ぎわに近づいて染千代と並んだ。

「なまじ手のこんだ芝居なんかしないでさ、自分から好きだって打ち明けてみたらよかったのに」

「自信がなかったの」

「なんで……？」

「やっぱり……水商売だからよ」

芸者という職業をＯＬと同じように割り切る、なんの劣等感も持たないと言っていた須磨子の、それが本音なのかも知れないと染千代は思った。

泣き汚れた顔で須磨子は窓の外を見た。真下にマンションの駐車場の屋根が雨に濡《ぬ》れている。

「私、必死で生きてきたつもりだったけど……なにか大事なものが一つ抜けてるんじゃないのかしら」

ぽつんと須磨子が言った。

「人間、なんでも計算通りに行かないってことよ」

染千代は手をのばして香水吹きを取った。胸許《むなもと》へ一吹き。夜の装いの匂いの中で、雨の音がひとしきり高くなった。

吉原の女

1

頤《おとがい》から胸へ、衿《えり》あしから首筋へ水白粉《みずおしろい》の刷毛《はけ》とスポンジが器用に動いて、千加《ちか》の手が、千加の肌を塗りつぶして行く。

粉《こな》白粉を叩《たた》きつけ、紅を刷き、目ばりに墨をさして、つけまつげをつける。千加の手が動く度に、鏡の中の千加は江戸の遊女に変っていった。

「暑いわねえ、今日も……」

隣の鏡台で、同じように顔を粧《つく》っていた下条幸子《しもじょうさちこ》が、惰性で呟《つぶや》いた。

いくら開けはなしになっていても、西陽が見事にさし込むこの小部屋は、蒸し風呂の中にいるようなひどさであったが、それも馴《な》れっこになってしまっていて、上半身、素裸のような恰好《かっこう》でメイキャップをしている娘たちの皮膚は、それほど汗をかかなくなっている。

化粧が終ると、千加は一番先に着つけをはじめた。肌襦袢《はだじゅばん》、蹴出《けだし》、長《なが》襦袢、そして、今は盛夏なので絽《ろ》の着物の裾《すそ》を長くひいて着つけた。そこまでは一人で着て、帯は五人いる仲間が、よってたかって、締めてくれる。

花魁《おいらん》のかつらも、冬は立兵庫《たてひょうご》だが、夏は簡単につぶし島田、それでも挿しものが多いから、かなりの重さにはなる。紗《しゃ》の打掛を肩にすべらせて、すらりと立つ頃には、西陽の漸《ようや》く落ちた小部屋の中に、千加の花魁《おいらん》に、二人の新造《しんぞう》、三人の禿《かむろ》と、合計六名が勢ぞろいした。

「ちょっと、千加さん……」

廊下を足音がして、仲居のくに子が顔を出した。仕度の出来上がった千加へ、そっと手招きする。廊下へ出ると、耳へ口をよせるようにして、

「正夫《まさお》さんが来てるよ」

「弟が……」

「門を入った供待《ともま》ちにまたしてあるけど、その恰好じゃ出られまいから、庭づたいにそっちの廊下の外へ連れてきてあげようか」

「すみません……」

又、店をとび出したのだ、と、暗い廊下に立ちながら、千加は泣きたい想いだった。つい三日前に、横浜の中華料理店へ就職したばかりなのである。

「姉さん……」

おずおずと黒い影が近づいて来た。

「正夫……あんた、又……」

「ごめんよ、姉さん……」

暗い中で白い歯が笑った。

「あんた……今度こそ辛抱する……どんな嫌なことがあってもきっとがまんしてがんばるからって約束したのに……」

横浜のデパートで新しいスポーツシャツとズボンを買い、着がえの下着も上下二枚ずつもたせて、つとめ先の中華料理店へ連れて行ったのに、それから十日目、どこでどうしたものかジーパンに汗くさいランニングシャツ一枚の恰好である。

いつも、そうであった。

苦労して新しいつとめ先をみつけ、小ざっぱりした服装で、こづかいまで持たせて送り出してやっても、よくて半年、悪ければ三日がせいぜいである。

千加の許《もと》へ現れる時は、きまって無一文で、着たきり雀になっている。おまけに大抵、借金がついて来た。

「正夫……あんた、まさか、お店のお金……」

「今度は大丈夫だよ、姉さん……」

再び、白い歯がにっと出た。

表に観光バスのついた音がした。聞きなれた車掌のガイドが、客を「大黒屋」の玄関へおくり込んでいる。

「ちょっと待って……」

千加は部屋へ走り込むとハンドバッグから五百円玉を二つとり出して廊下へ戻った。

「角の食堂で、なにか食べながら待っててちょうだい……十時には、間違いなく行くから」

「うん……」

「裏から行くのよ、なるべく人にみられないように……」

「ああ……」

ちょろちょろっと消えた影を見送って、千加はその場へすわり込みたい気持だった。かつらの重みが俄《にわ》かに頭の芯《しん》にめり込んでくる。

「又、帰って来たの、弟さん……」

新造の衣裳《いしょう》の幸子が煙草をすいながら出て来た。

「これで、もう何度目……七、八回……？　もっとになるかね……」

答える気力も千加にはなかった。

「あんたも苦労するわね」

ふっと吐いた白い煙の中で、千加は無表情に突っ立っていた。

「大黒屋」は江戸時代からある吉原《よしわら》の中の老舗《しにせ》の名と店がまえをそっくりのこして、料亭を経営していたのが、すすめる人があって舞台を作り花魁《おいらん》ショーをみせるようになってから、急に話題になって、今では広い舞台に桝《ます》に区切った桟敷《さじき》のある会場が一つと、その他にも舞台つきの大広間がいくつも出来、観光バスは日に何台も乗りつけてくるし、大小の会社の忘年会、新年会、その他のパーティ、宴会などに利用され、東京の名物になってしまった。

花魁ショーというのは、客の注文により多少の変化はあるにしても、普通は、舞台前面の広土間を使って花魁道中をみせ、次に舞台を座敷にみたてて、新造二人の踊り、禿《かむろ》の踊り、花魁の踊りなどをみせたり、客の一人を舞台へあげて、花魁と客の盃事《さかずきごと》や、吸いつけ煙草の仕草などをやってみせるのが普通であった。

この花魁ショーに出る花魁は、無論、売春防止法の通用している現代だから、昔のような吉原の女ではなく、ただのショーの俳優として素人の娘がつとめている。着る衣裳が衣裳だし、日本舞踊をみせるというたてまえにしても、ショーの出演者は日本舞踊の素養のある若い娘というのが条件で集められた者ばかりだった。

川村《かわむら》千加が、花魁ショーに出るようになったのは、彼女の叔母《おば》が、この店の仲居頭として働いていたのが縁であった。

日本舞踊は、母親が花柳界《かりゅうかい》の女だったせいで、子供の時から稽古《けいこ》を受けていたし、長唄《ながうた》の三味線もかなり弾けた。

なによりも古風な顔だちで、日本髪がよくはえる上に、浮世絵に出てきそうな容《よう》貌《ぼう》が花魁の扮装《ふんそう》にぴったりで、忽《たちま》ち、客の人気を得た。

こういう場所で働いている女は、どうしても客の誘惑が多く、それ故に身をもちくずしてしまった者も少なくないのだが、千加はその点だけはしっかりしていて、十五の年から丸六年も花魁ショーの立役者をつとめ続けている。

「千加さんは、本当に気だてがいいから……」

と、なにかにつけて大黒屋の女主人も千加を可愛がってくれてはいるのだが、悩みの種は、弟の正夫であった。

2

花魁ショーの最終のお座敷が終ったのが十時であった。

あわただしく化粧を落としていると、叔母である仲居頭のきんが、

「小沢《おざわ》さんって人から電話だよ」

と知らせてくれた。千加はあわてて廊下のすみの電話室へ走った。

小沢公一《こういち》の声は受話器のむこうで、かなりはずんでいた。千加とデイトの約束を

してあった明後日の日曜に、友人の車が借りられるのでドライブに出かけないかという。

「その相談もあるし……今夜、店じまいしてから、君のアパートへ行ってもいい……」

公一の声は、はにかんで、照れていた。つき合いはじめてから、かれこれ一年になるし、この正月に、他人でなくなってからも、公一は五、六回、千加のアパートで二人だけの時間を持っている。

「ドライブはいいけれど……今夜はダメ……弟が帰って来ているの……」

千加はあわてた。

「正夫君、帰って来たの」

「ええ……くわしいことは明後日……行先はあなたにまかせるわ」

廊下を通る女たちを気にして、千加は早々に電話を切った。

帰り支度をして、通りにある食堂へ寄ると正夫がビールを飲みながらテレビのボクシングをみていた。

「お待ちどおさま、さ、帰りましょう」

声をかけると正夫は飲みのこしのビールを一息に飲んで、手を出した。

「あと、二百円……」

「え？」

「ビール代だよ」

千加は黙ってカウンターに二百円おいた。

千加のアパートは幡ヶ《はたが》谷《や》にあった。いつもなら地下鉄で新宿へ出て、京王線《けいおうせん》に乗り継ぐのだが、ランニング一枚の弟をつれていたのでは、みっともなくて電車にも乗れない。

広座敷の宴会でもらった御祝儀が、タクシー代になった。

アパートの階段を足音をしのばせて上った。このアパートの住人はサラリーマンが多い。

部屋のスイッチをひねり、音をさせないように窓をあけはなした。陽のある中《うち》から戸閉めにして出かけた部屋は熱気が、こもっている。

小型の冷蔵庫をあけて麦茶を出した。

「どうして、お店、出て来たの」

タクシーの中でがまんしていた会話がすぐに出た。

「感じ悪いんだ、あの店……」

「どうして……御主人もおかみさんもいい人だったわ」

「コックが、いやな奴《やつ》なんだ……」

「どう、いやなのよ」

「どうって……吐言《こごと》ばっかり多くてよ。朝は早くから叩《たた》き起こすし……夜は店の掃除、俺一人にまかせて自分はパチンコ屋へ行っちまうんだ……」

「当り前じゃないの、あんた、一番、新参なんだもの……」

「俺……猫や犬じゃないんだ……人にこき使われるの、性に合わないよ」

「人を使える身分だと思ってるの……」

「腹が立つんだ……あんな馬鹿に使われるってことが……くだらないよ」

「そんな甘いこといっててどうするの。あんたみたいなこと言ってたら、とてもこの世の中、生きちゃあいかれないのよ」

「生きていけなきゃ、死んじまうさ……」

ごろりとあおむけにひっくり返って足の指で、千加がこの春、漸《ようや》く買ったテレビのスイッチをひねる。

「止《や》めてよ。お隣はもう寝てるんだから……」

立って行ってスイッチを消し、千加は嘆息をついた。

「とにかく、ランニングぬいで、台所で手足洗って寝なさい」

「姉さんは……？」

「階下の浜口《はまぐち》さんとこへ泊めてもらうわ」

同じ、アパートの一階に亡母の友人で新宿の小料理屋の仲居をしている女がいた。

このアパートを千加に紹介してくれた人でもあるし、やはり女の一人ぐらしで千加の家庭の事情をよく知っていて、弟がころがり込むと、千加は夜だけ浜口ますの部屋へ避難させてもらうことになっていた。

翌朝早々に、叔母のきんから電話がかかって来た。

「昨夜《ゆうべ》、正夫、帰って来たんだって……」

受話器にあてた耳が割れそうな甲高い調子で、

「横浜の店から電話がかかったんだよ。コックの時計とカメラを持ち出してドロンしたんだってよ……むこうじゃ、かんかんに腹立ててるわ……いい加減にしてよ、うちの人だって、世話してもらった人に面目丸つぶれだって怒ってるわよ」

とにかく、盗んだ時計とカメラを至急、返さないと警察沙汰《ざた》にするといっているから、至急、そっちから横浜の店のほうへ連絡をとるようにという。千加はすみません、の他に言葉がなかった。

部屋へ戻ってくると、ドアのむこうからテレビが陽気に歌謡曲を歌っている。

つかつかと入って、手荒くスイッチを消した。

「正夫……あんた、時計とカメラ、どこへやったの」

「知らないよ」

無精髭《ぶしょうひげ》の生えた顔をそむけたが、耳朶《みみたぶ》が赤くなっている。

「カメラと時計、どこへやったの……」

「ないよ……」

「正夫……」

「友だちが……質屋へ入れたんだ……」

「友だちって誰……」

「姉さんの知らない奴さ」

「質屋はどこなの」

「知らないよ」

「むこうじゃ、今日中に品物を返さないと警察沙汰にするっていってるのよ。友達が入れたのなら、あんたはまるで無関係なのね……放っといてもかまわないのね……」

「姉さん……」

「知りませんよ、あたしは……あんたが、どうなっても……」

感情がささくれ立って、こんな弟、本当にどうなってもいいと思われた。台所へ立ってガスに火をつけた。卵を目玉焼にして、その間にトマトと胡瓜《きゅうり》のサラダを作る。

小さなテーブルの上にトースターをおき、買っておいたパンを焼いた。

姉と弟と差しむかいで、気まずい食事が短く終った。後片付けをして、その洗い場へ小だらいをのせて下着の洗濯をはじめると、それまでむっつりしていた正夫が、のそのそと立ち上がった。

「姉さん……五千円くれないか」

「…………」

「俺、関係ないけどよ、巻きぞえくうのは馬鹿らしいから、時計とカメラ、返してやろうと思ってさ……」

「質に入れたの、あんたじゃないんでしょ。だったら、なにも、巻きぞえ食うことありゃあしませんよ」

「そいでもさ、友達ってのは、口がうまいから……俺、そいつに少しは金もらってるし……」

「いくらもらったの……」

「…………」

「友達じゃないんでしょう……あんたが質屋に入れたのね……」

いきなり弟のズボンのポケットへ手を突っ込んだ。くしゃくしゃの煙草といっしょに質札の紙がひっぱり出された。

「友達が質入れしたのに、なんで、あんたが質札もってるのよ……この大嘘つき……」

そうなると、正夫は牡蠣《かき》のように黙り込んだ。もはや、どう千加が責めても、うんともすんとも答えない。

結局、千加のすることといえば、その日の午後、正夫を連れて横浜へ行き、質屋で五千円支払ってとり出したカメラと時計を、中華料理店へ持って行って、さんざん、嫌味をきかされた。

弟を先にアパートへ返し、浅草へかけつけて花魁《おいらん》のメイキャップをしながら、千加は泣くまいと思っても涙が止まらなかった。

3

小沢公一と約束の時間に、待ち合わせた新宿の銀行の前へ立つと、待つ程もなく公一が走って来た。

「ごめんよ、車が止められないで、まごついちまったんだ……」

短く刈った頭の感じだけが寿司《すし》屋の職人らしくて、ブルーのポロシャツに浅黒い顔が健康的な現代青年だった。

昨年の夏に、はとバスの夜の東京見物のコースに乗って来て大黒屋で花魁ショーの際、千加のお客にえらばれて舞台へ上がったのはいいが、こちこちに固くなって、大てれにてれたあげく、吸いつけ煙草の煙管《きせる》を受けとりそこねて、千加の長く引いた打掛の裾《すそ》へ落としてしまい、小さな焼け焦げを作ってしまったのだ。

翌日、公一は稼いで貯めた金の中から五万円をもって大黒屋へやって来て、千加を驚かせた。焼けこげは小さいし、打掛を新調するほどのことでもないので、大黒屋も金はうけとらなかったが、そんなことがきっかけで千加と公一のつき合いが始まった。

公一が千葉の木更津《きさらづ》の生れで、遠縁に当るのが、東京の新宿で寿司屋をやっており、高校を出るとすぐ上京して寿司職人の修業を始めたのだということが、千加の公一に対する親近感を深めた。

「私のお父さんも寿司屋の職人だったのよ」

はじめてのデイトの日、すらすらと千加はうちあけた。

「母は芸者屋の娘でね、父とは幼なじみだったの……母がお酌になる前に二人でかけおちして、私と弟が生れたの。一ぺんに二人……ふたごなのよ、私と弟……」

浜松《はままつ》のほうで暮している中《うち》に、たまたま、父親はお客のお供で釣りに行って、舟がひっくり返って溺死《できし》した。乳のみ児二人を抱えて東京へ舞い戻った母親は、ずっと芸者をして働いていたが、千加と正夫が十五の時に、長いこと持病だった心臓の発作で、あっけなく逝った。

母親が死んでみると、思いがけない借金やら、税金がやって来て、忽《たちま》ち家を売らねばならぬ始末となり、売った金も右から左へ殆《ほとん》どが消えてしまった。

「死んだ母を責めるつもりはないけれど、弟があんなになってしまったのは、一つには母が甘やかしすぎたからなのよ。父親がないというので不愍《ふびん》がってね……我がまま一杯に育てたわ……学校も行きたくないといえば、そのままにして……流行歌手になるんだってインチキの学校へ通ったり……テレビタレントになるといえば、変な芸能会社へお金を使ってみたり……当人にそんな才能がないのを承知しているくせに、言いなり放題にさせておいたのよ」

真鶴《まなづる》の岬にあるホテルの部屋で昼食をしながら、千加は公一に弟を語った。今まで、どうにも語りたくなくて、かくすともなく弟の話題に触れなかったのだが、今日は黙っている気になれなかった。愚痴をきいてくれる人が欲しかった。

「家も財産もなくなって、働かなければ生きて行けなくなって、はじめてあの子の欠点がわかったの。最初は日本橋の建設会社の給仕にやとってもらって、夜は定時制へ通うようにしたのだけれど、半年ばかりで体を悪くして、それから二年はなんにもしないで、親類の厄介になっていたんです」

結局、親類でもいい顔をしなくなって、又、働き口を探してもらってはつとめ出したが、まるで働く気がないし、あきっぽくてどうにもならない。

転々と勤め先をかえている中に、悪い知恵がついて、給料を前借りしてとび出してしまったり、同僚の金や持ちものを無断で質入れしたりする。そんな後始末はいつでも千加にまわって来た。

度重なると、もう誰も正夫の就職の世話をする者もなくなる。で、こづかい銭に困ってくると、親類へ行っては目を盗んで、金目《かねめ》のものをかっぱらってくる。金が出来ると、ぷいとどこかへ消えてしまって一か月でも二か月でも帰って来ない。親類のことだから、いきなり警察沙汰《ざた》にもしないし、苦情はやっぱり千加のところへ持ち込まれ、千加が質屋から買い戻したり、長いことかかって弁償したりということになった。

「おしまいには、私もやけっ八になって、いっそのこと親類が警察沙汰にしてくれたら、などと思ったりもしたんですけど、いざとなると、やっぱり肉親の弱味で、どうにかしてやらなけりゃと思ってみたり……親類だって勝手なんです。警察沙汰になったら、世間へみっともないとか親類として恥ずかしいなんていうくせに、なに一つ助けてくれやしない……いつまでこんな地獄が続くのかと、考えるだけで眼の前がまっ暗になってしまうの」

ホテルの窓から海の香が入って来た。

「君も苦労したんだねえ……」

食事の時に飲んだビールの酔いの残った顔で、公一はしみじみと呟《つぶや》いた。

「それで……正夫君、今日も君の部屋にいるの……」

「ええ、他に行く所もないし……」

「君、困るだろう」

「いつまでも浜口さんの部屋へお邪魔するわけにも行かないし……といって、いくら母のお腹の中でいっしょだったからって、弟といっしょの部屋で寝るわけにも行かないでしょう……」

「そりゃあそうだ……」

ちょっと考えて、公一は口を切った。

「どうだろう……正夫君、うちの店へつとめてみたら……」

「ええっ……」

「ちょうど、うちの店も人手不足でね。出前の子を欲しがっているし……俺が話せば、なんとかなると思うんだ……」

「でも……駄目よ……きっと御迷惑をかけるわ……もう、わかっているのよ」

「そうだろうか」

公一は煙草の火をもみ消して、千加をみた。

「君たちがそう思い込むことも、正夫君を駄目にしているんじゃないのかな。あいつはなにをやらせても長続きしない奴だ……なまけものだ、あきっぽい……そういう欠点はあるかも知れない……しかし、今まで正夫君が長続きしなかったのは、先方にだって理由があると思うよ。意地の悪い先輩とか、店の待遇の悪さ……それと、彼はきっと寂しがり屋だと思うんだ。一人で働いていることがよくないんじゃないのかな……その点、うちの店なら、及ばずながら俺がついている……監督も出来るし、相談相手にもなれるだろう……どうかな、千加さん……」

「そりゃあ……もし、そうして頂けるのなら、私だって、どんなにありがたいか……でも……あなたに御迷惑をかけすぎるようで……」

「なにをいってるんだ……そんな他人行儀やめなよ」

ぐいと手がのびて、千加は体ごと公一にもたれた。

「俺、一日も早く、あんたといっしょになりたいんだ……そのためにも、正夫君に更生してもらわなけりゃあ困る……あんたの弟なら、いずれ、俺の弟になるわけだもんな……」

「公一さん……」

他愛なく涙ぐんだ千加の唇を、公一がふさいだ。

「もう、そのこと考えなくていいよ、みんな俺にまかせるんだ……」

熱っぽいささやきに涙を流しながら、千加は全身で公一を愛した。

4

真鶴からの帰り道、公一は千加のアパートへ寄った。

ぼんやりテレビを見ていた正夫は、初対面の公一へ、人なつっこく挨拶《あいさつ》し、神妙に話に加わった。

「思ったより、ずっと素直な子じゃないか。あれなら大丈夫だよ。今までは、きっと環境が悪すぎたのさ……今度はきっと大丈夫だ……根はいい子なんだよ……こっちが理解してやりさえすれば必ず、うまく行くさ……」

帰りがけ、表の道まで送って来た千加に、公一は力強くささやいた。

その夜、千加はくどい程、正夫に念を押した。今度こそ、人の親切を裏切らないように努力してくれるかどうか……なにがあっても辛抱して一人前になって欲しいと泣き泣きかきくどいた。

「おねがいよ、正夫……今度こそ更生してちょうだい……一日も早く、ちゃんとした職人さんになって、親類をあっといわせてちょうだい、姉さん、今までのこと、みんな忘れるから……本当よ、あんた、決して悪い人間じゃない……ただ、気のよわいのがいけないのよ。なんでも公一さんに相談して……きっとがんばり抜くって約束して……」

正夫は、じっとうなだれてきいていたが、やがて、ぽろぽろと涙をこぼすと大きくうなずいた。

「姉さん……今度はきっとやるよ……だから、俺を信じて、もう一度だけ助けてくれよ」

母親ゆずりの大きな眼が嘘でなく濡《ぬ》れていた。

中二日ほどおいて、公一から連絡があった。

店の主人が逢《あ》ってみようというから、明日の午後一時頃、新宿の店へつれてくるように、という。千加はその日の中《うち》に、正夫の服装をすべて新しく整え、理髪店へ行かせ、風呂屋《ふろや》へ行かせた。

小沢公一の働いている寿司《すし》屋は新宿の三光町《さんこうちょう》にあった。

かなり大きな店で、カウンターも広く長い。

職人は公一を加えて六人もいるということであった。

主人夫婦は五十がらみのおだやかな感じの人で、二人とも正夫が気に入ったようであった。

「素直ないい子じゃないの。うちはみんな家族同様にわけへだてなくやってるから、なんでもいっていいんだよ……お給料のほうも馴《な》れて来たら、だんだん、いいようにしてあげるから……まあ、辛抱して働いてちょうだい……」

おかみさんの言葉を弟の傍できいていて、千加は何度も涙を拭《ふ》いた。これだけ言ってもらって、もし、今度も正夫が長続きしないようなら、もう二度と弟を救う道はないように思われた。

一週間を、千加は薄氷をふむ思いですごした。

公一からは二日に一度の割合で電話があった。

「明るくて、素直だから、みんなに好かれている……」

「夜おそくの出前でも、一つもいやな顔をしないで出て行くから、おかみさんが感心している……」

「きちょうめんで、きれい好きだ……いっしょに暮してみて、びっくりした……」

次々に連絡される言葉は、すべて正夫の更生ぶりを裏づけるものばかりだった。

十日がすぎ、二十日がすぎて、千加はようやく安堵《あんど》の胸をなで下ろした。

公一は、休みごとに千加のアパートを訪ねて来たが、正夫は一度も来なかった。

「新参でふだん役に立たないのに、休みをもらっては申しわけない、といって、店の掃除をしたり、おかみさんの走り使いをしたりして店にいるんだ……映画もみたくないし、家にいるほうがいいといってね……」

公一の報告に、千加は声が出ない程、おどろいた。信じられなかったが、公一がいうのだから間違いはない。

「俺に、姉さんと結婚するのかってきくんだよ。照れくさいから黙っていたら、姉さんには苦労のかけづめだったから……どうか幸せにしてやってくれなどというんだ……やっぱり、昔のことを後悔している……きいてみると、今までの店はかなりひどいようだね、正夫君が長続きしなかったのも、あながち、彼だけを責めるのは間違っているよ」

公一は、世話をした甲斐《かい》があったと喜んだ。

「あなたのおかげよ……本当に、なんといって感謝していいかわからないわ……」

こんな夢のような幸せがあるだろうかと千加は思った。

どういうわけか、弟の話をききながら公一の愛を受けていると、体のすみずみまでがみずみずしくなって、まるで火の海に体を泳がせているような強烈な恍惚感《こうこつかん》が幾度でも襲って来た。

「ふたごって、可笑《おか》しなものだね」

汗の流れている皮膚を離しながら、公一が笑った。

「顔はちっとも似ていないのに、ちょっとした仕草がそっくりおなじなんだ。そうやって体を拭いたり、タオルをしぼったりするのから、飯の食い方、水の飲み方……声も似ているね。話すときに、ひょいと首をまげるのなんか、まるで同じ人間をみているようだよ」

朝夕、正夫といっしょに寝起きをしていると、たまらなく千加を感じると公一は言った。

「一週間に一度逢うだけじゃ、どうにもやりきれないよ。もう、結婚しなけりゃいけない時期なんだ……」

秋には、なんとか式をあげようと二人は相談した。住まいは、とりあえず、千加のアパートへ公一が引っ越してくればよい。

「今の中《うち》に、せいぜいきれいにしておくわ」

部屋中を見まわして、千加は微笑した。

「今だって、きれいじゃないか」

「でも、牛乳のキャップで作ったカーテンなんて、みみっちいでしょう……その玉すだれは週刊誌の表紙だし……」

女性週刊誌の手芸のページに廃物利用のカーテンの作り方が出ていた。牛乳のキャップを捨てずにおいて、それに一枚一枚、刺繍《ししゅう》した小布をはりつけ、まわりをポスターカラーで着色したのを糸で丹念につなげて作ったカーテンである。ちょっと見には、とても牛乳のキャップとは思えない。週刊誌の表紙で作った玉すだれは、表紙の紙をくるくると固く丸めて接着し、適当な形に切ってつないだものである。

「君って、こまかい仕事が好きなんだね。よくも、まあ、こんな根気のいる仕事をやってのけるもんだ……」

「手仕事は好きなのよ、馬鹿みたいに気長なの……」

はにかみながら、千加は手芸箱からあみかけの花の形をしたモチーフを幾枚もとり出した。

「これ、なに……？」

「ベッドカバーにするの……あなたと結婚するまでに、きっと仕上げるわ」

結婚したら、ベッドで寝るのが千加の夢であった。

「こんな、せまい部屋にベッドが入るかい」

「セミダブルなら、なんとかなるわ」

そのためには、花の形のモチーフが八十枚以上も要るのだと、千加はたのしそうに説明した。

「君って……全く、いい嫁さんになるよ」

当分は、花魁《おいらん》ショーも止めずに共働きして、三年ほどしてから、子供を作ろう、とか、子供は二人までで止めようとか、子供が小学校へ行くまでには、小さくとも、どこかに店を持ちたい、などと夢中になって話し合った。

「その頃には、正夫君もいい職人になっているだろうから、三人で店をやって行けばいい……他人をやとうのは、とかく気苦労なものだから、その点、肉親で助け合って行けるのは有難いよ」

公一の話をきいていると、千加の瞼《まぶた》の裏には、寿司を握っている公一と弟の姿がくっきりと浮かんだ。そのそばで赤ん坊をあやしている幸せそうな自分の未来も、風船のようにふくれ上がった。

5

あと二日で九月の声をきこうという日、千加は相変らず西陽の当る「大黒屋」の小部屋で水白粉《みずおしろい》をといていた。

障子があいて叔母《おば》のきんが手招きした。千加の手をひっぱるようにして廊下をまがると、

「あんた、又、正夫が逃げたよ」

千加は聞きちがいではないかと思った。

「新宿の寿司屋から電話があったんだよ。店の集金に出て、そいつをそっくり持ってドロンだと……かれこれ五万円の被害だって……」

西陽の中で、千加は周囲が闇になったような気がした。あわただしく、電話のダ

イヤルをまわした。

「全く、飼犬に手をかまれたとは、このことね……あんなに目をかけてやったのに……後足で砂をかけられたも同然よ。つい、こないだも背広を新調するってから、二か月分、給料を先払いにしてやったのよ。ワイシャツもうちの人の着られなくなったのを出してやったし……靴は公一の新調したばかりのをはいてっちまったんだって……冗談じゃないよ、全く……よくも見事に裏切ってくれたものさ。犬畜生だよ……犬猫以下だ……犬だって三日も飼えば恩を知ってるってのに……」

おかみさんの声が、鞭《むち》のように受話器からぶつかって来た。

ショーが終えたその足で、千加は新宿へかけつけた。

正夫がドロンをきめ込んだと知れたのは、今日の夕方、正夫から電話がかかって来たからであった。

「お得意先の集金に出たのが、正午前で、電話のかかったのが五時すぎだ……俺が出ると、体の具合が悪いから当分、どこかで静養して来たい、といったきりガチャリなんだ……あわてて、集金先をまわったら、五万円と少々、集めて行った後の祭りさ、すぐに、あんたのアパートのほうへも行ってみたが……あんたは出かけて留守、管理人にきいてみたら、帰って来た様子もない……とりあえず、あんたの部屋へ店の者を張りこませては来たが……」

蒼白《そうはく》な顔で説明する公一を、千加は正視していられなかった。

一週間、待っても正夫は姿を現さなかった。

千加は貯金を全額下ろし、テレビと冷蔵庫を売りはらって五万円の金を作り、公一へ電話をかけた。電話に出たのは、おかみだった。

「公一は、やめましたよ」

ええっ、と千加は声をあげた。

「やめて……それで、どこへ……」

「さあ、知りませんね。あんたが来ても、なにも言わないでくれっていってましたからね」

「そんな……」

「うす気味が悪くなったっていってましたよ。ふたごってのは、一人が病気すると、もう一人も同じ病気をするものですってね。店へ来るお医者さんにきいたら二卵性双生児ならそんなことはないっていわれたそうだけど……第一あんな弟を背負い込んだら、一生、苦労がついて廻《まわ》るようなもんだもの……」

千加の手から受話器がすべり落ちた。

どうやってアパートへ帰って来たのか、千加はおぼえていなかった。

部屋の真ん中へすわって、千加は声をあげて泣いた。涙も声も出なくなっても、千加の体中は慟哭《どうこく》をやめなかった。

怖い……と千加は畳に体を伏せた。自分が怖ろしかった……弟と同じ血の流れている体が呪わしく、怨《うら》めしかった。

公一が自分から逃げ出したのが当り前だと思った。

(私だって……出来るものなら、自分の体から逃げ出したい……)

絶望は千加をのたうちまわらせた。

気がついた時は夕方になっていた。

階下の庭で声がしていた。アパートの管理人の奥さんの声であった。犬の話らしかった。

「一ぺんに四匹、生れたんですよ。ええ、父親も純粋の秋田犬ですからねえ……もらい手は、もう、すっかりきまっちまって……まあ、乳ばなれするまでは母親のそばへおいといてやろうと思ってますよ。あんまり早く親とはなすとテンパーにもかかりやすいっていいますでしょう……みんな茶色くて、同じような顔をしてるんですけどね。個性があるんですよ、犬でも……ええ、そりゃあ大したものですわ……気性の荒いのもいるし、おとなしい仔《こ》もいる……ちゃっかりもいるし、のんびりもいる……犬の先生がいってましたよ。性格ってのは一匹一匹、ちがうもんですって……いっしょに生れて、いっしょに育てても、出来のいいのと、悪いのといる……面白いもんですわね……自然の妙っていうもんだそうですよ……」

声が、千加の耳を素通りした。

素通りしてしまって、しばらくしてから、又、耳へ戻った。水がしみるように、千加の思考の中へ滲《にじ》んで行った。

死んだ魚のようになっていた千加の眼の中に、僅《わず》かな光が動いた。

だが、千加の全身は、まだ、果てしのない慟哭の中にとっぷりとつかっていた。

翳《かげ》り

1

バスを下りると夜風が生温かい。

最終の赤いランプを点《つ》けたバスをやり過ごして亮子《りようこ》は道路を横切りかけた。

「義姉《ねえ》さん……」

声は背後であった。ふり返ると屋敷町の暗い門燈《もんとう》のかげに長身の男の影が浮いていた。大股《おおまた》に近づいてくるなり思いつめた調子で言った。

「どうしても話したい事があるんで待っていたんだ。家じゃまずいもんだから……。疲れている所を済みませんが少し歩いて下さい」

返事を待たずに先へ立った和服の後姿に、亮子は、とうとう来た、と感じた。布製のハンドバッグを抱え直して従《つ》いて行くより仕方がない。花鋏《はなばさみ》が入っているバッグの重い手触りに、亮子はすがりつきたいような気持になった。

十時過ぎの住宅街は時たま犬が吠《ほ》えるだけで人通りは全く無い。

「随分、遅かったんだね……」

曲り角で飛鳥高志《あすかたかし》はぼそりと言った。自分自身、緊張を柔らげようと意識した言葉らしかったが、圧《おさ》えた語尾がひどく不自然だった。

「ええ、どうしてもこんな時間になってしまって……」

水曜日は夜の出稽古《でげいこ》だった。新橋《しんばし》にある大きな病院の看護師さん達八名に亮子は華道の教授をしている。病院が終るのは七時の規定だが、手術が遅れたり、後片付などで看護師達が臨時の稽古所になる病院の応接間に集まってくるのは八時頃、それから花材を撰《えら》んだり、花器を考えたりしていると稽古が済むのは最終バスぎりぎりの刻限になってしまう。

「家へ稽古に来て貰《もら》うか、日曜日にすればいい……」

苛々《いらいら》している風な高志の子供っぽい我儘《わがまま》に亮子は当惑しながら、そっと苦笑した。義姉《あね》の帰りの遅いのに腹を立てているのではない。自分の言い出そうとする事が、上手《うま》く唇に上って来ないのに焦《じ》れているのだ。亮子には高志の心の底が手に取るように解った。それが彼女に年長者の落ち着きを取り戻させる。

「なに、話って……？」

故意《わざ》とさりげなく亮子は訊《き》いた。

「ふん……」

案の定、高志は狼狽《うろた》えて絶句した。坂道を上り切ると遠く渋谷《しぶや》のネオンが眺められた。石の塀ばかりが続いている。戦災にも遇《あ》わなかったこの附近は大きな邸宅が多い。

「義姉《ねえ》さん……」

高志の足が不意に止まった。亮子に背を向けた儘《まま》、言い直した。

「亮子さん……」

いきなり足駄の歯をきしませて向かい合った。反射的に亮子は身をすくめる。

「僕と結婚してくれませんか」

充分に予期した台辞《せりふ》だったが、やっぱり亮子は眼を伏せる。胸が波立つのが気恥ずかしい。

「考え抜いた事なんだ。僕はどうしても義姉さん、いや亮子さんと結婚したい。そうするのが周囲のためにも一番いいと思ったんだ」

帯に両手をかけて高志は道の真ん中に仁王立ちになっている。手のやり場がなくてそんな恰好《かっこう》をしているようでもある。

「母さんだってもう反対しないと思う。僕は亮子さんが好きなんだし……これ以上、義姉さんなんて呼ぶのは我慢ならないんだ」

高志が一歩出ると、亮子は二足引いた。眼は義弟へ当てた儘、首だけ振った。

「何故、なぜ、いけない。亮子さんは僕を嫌いじゃない筈《はず》だ……」

「待って……待って頂戴《ちょうだい》」

亮子は慌《あわただ》しく遮った。

「義姉さん……」

「そうじゃないの、そうじゃないのよ」

丸《まろ》やかな柔らかい声で亮子は言った。

「私は高志さんが好き。でもそれは義弟《おとうと》としての愛情だと思っているのよ」

「嘘だ、男と女の愛情にそんな詭弁《きべん》は許されない……」

「いいえ、そうじゃあないの」

ゆっくり歩き出しながら続けた。

「長男の未亡人が義弟《おとうと》と結婚するという話は世間によくある例だし、貴方《あなた》と私とが一緒になったからって別になんの不都合があるわけもないけれど……」

ふり返って突っ立っている高志をうながした。

「歩きながら話しましょう。人が来るわ」

暗い道の先に人影が見えていた。パトロールの警官らしい。高志は不承不承歩き出した。

「飛鳥家《あすかけ》へ嫁に来て足かけ三年にしかならない私ですけれど、高志さんは私をずっと義姉《あね》と呼んで下すったし、私も貴方を本当の弟みたいな心算《つもり》でお世話をして来ました。それは夏雄《なつお》さんがお歿《な》くなりになってからもずっと変らなかったと思います」

亮子は静かな言葉を拾うようにした。来るべきものが遂《つい》に来たという激しい感情は彼女のどこにも滲《にじ》み出ていなかった。

「僕は兄さんの一周忌が済んだら話し出そうと思っていた。それまでは義姉と弟でいるのが死んだ人への礼儀だと考えていたんです」

女の横顔へ男の息が触れた。

「一周忌の法要も先週済んだ。兄への義理は終ったんです。僕は貴女《あなた》に言い出す機会を探していた。それなのに貴女は母さんと一緒になってあんな縁談を勧める。たまりかねたから僕は……」

すれ違った警官がうさん臭そうに二人を見て通りすぎた。

「そんな大きな声で……」

たしなめて亮子は義弟のたくましい肩をそっと眺めた。心の中が春の海のように揺れている。甘酸っぱい女の喜びが亮子をくるんでいた。

「私だって高志さんが決して嫌いではないし、高志さんが私を望んで下さるのは勿《もっ》体《たい》ないほど嬉《うれ》しいのですけれど……女には口に出せない複雑な気持があるものなの……」

「亮子さんが引っかかっているのは年齢のことだろう……」

ずばりと言われて、亮子は眉《まゆ》をひそめた。

「それもあるでしょうけれど……」

「だったらなんでもないじゃないか。たった二つくらい、年齢なんか問題じゃないよ」

亮子は義弟の言い廻《まわ》しが不快だった。今まで優位に立っていた自分が、急に見下されたような気がする。

「私はやっぱり高志さんをこれまで通り義弟《おとうと》と思って行きたいわ。一生、姉弟《きょうだい》でいたいの。貴方のお嫁さんになるなんて、全く考えてもいなかった事なのですもの……」

夫が死んだ直後から、胸の奥にひそませて来た期待を亮子は無視した。

「今まではそうだったかも知れない。だが、それだったら改めて考えてくれないだろうか。僕を義弟としてではなく、一人の男性として亮子さんの対象にならないものか……」

高志の顔に激しい失望が浮かぶのに亮子は満足した。曖昧《あいまい》に否定のかぶりをふる。

「無理よ、そんなこと……」

「無理……か……」

高志が押し黙ると亮子は不安になった。もう一度、強い言葉で求婚して貰い度《た》い欲望が首をもたげている。言葉は感情とうらはらな話を続けた。

「それより、この間のお縁談《はなし》の女《ひと》、どうなの。年齢も若いし、きれいだし、お家柄もいいし、お姑《かあ》さまもひどく気に入っていらっしゃるのよ。私もあのお嫁さんなら申し分ないと思うわ」

「放っといて下さい。そんなこと……」

怒りを含んだ高志の眼差《まなざ》しに亮子はほっとした。義弟が他の女と結婚することを亮子は少しも望んでいない。彼の口から求婚の言葉の出た今は尚更《なおさら》である。自分の拒絶が彼に与えた打撃の深さを亮子は意識していなかった。言葉は否定的だったが、本当は別だった。相手にそうした女心の翳《かげ》りが通じていないという事は彼女の計算に入っていなかった。女は自分の感情を言葉に出さないで、相手が解ってくれるのを期待する。

「義姉さんに結婚する相手を見つけて貰おうとは思わない……」

高志は袂《たもと》から煙草を出してマッチをすった。自棄《やけ》のように煙を吐く。亮子は好もしくその仕草を見やった。優位に立っている女は余裕のある歩き方をしていた。

「亮子さんはそんなにも兄さんの事が忘れられないのか……」

義弟の呟《つぶや》きに亮子はどきりとした。不意を突かれた感じである。死んだ人のことを、亮子はきれいに忘れていた。想い出のかけらも心に残していない。亮子の心は既に別な男性への関心で占められている。

高志は煙草を足駄でふみにじった。

「僕、ちょっと出かけて来ます」

亮子は驚いた。

「どこへ……」

「……」

「あんまり遅くならないでね」

義弟の顔にてれ臭そうな表情を認めると亮子は微笑して送った。プロポーズして拒絶された相手と一緒に家へ帰るのは辛《つら》いし、恥ずかしいのだろうと去って行く男の後姿を眺めた。亮子にとっては一応の拒絶である。高志が更に強引な態度に出なかった事が物足りない。

(なにも今日に限った事ではない……)

機会はまだあるのだと亮子は安堵《あんど》した。

藤棚のある家について亮子は道を折れた。朧月夜《おぼろづきよ》に藤の花の白さと薄紫が匂うように美しい。亮子は頰を押さえて歩いた。

右側に「キャデラック」という名のホテルのネオンが赤い。この辺りには珍しい温泉マークの入口は一通りデラックスな造りになっていた。外国人専門という噂のホテルである。日本人をオフリミットしているわけでもあるまい。亮子の体の奥の方で血が騒いだ。とりとめもなく義弟の腕のたくましさを想った。三年間も同じ家に暮しているとと意識する、しないにかかわらずその人の素肌を見る機会にぶつかるものだ。死んだ夫は病身だったから身体も華奢《きゃしゃ》づくりで、皮膚も白かった。高志は大学時代ラグビーの選手だった。今の会社では野球部に入っている。スキーにも毎冬出かける。

亮子はハンドバッグを抱えた両手で、胸をだくようにして路地を入った。

2

高志が亮子を避ける日が続いた。

一軒の家に住んでいても商事会社へ勤めている高志は朝八時には家を出かける。帰宅は目立って遅くなった。十一時、十二時の日が時には午前二時頃になる。

「どうしたの、こんなに遅く……」

出迎えた亮子が軽く咎《とが》めても視線を外して離れの部屋へ引き揚げてしまうのだ。

離れと母屋《おもや》とは細廊下でつないである。亮子が嫁に来た時、新婚夫婦のためにと広い庭を利用して建て増しした。

八畳に四畳半の寝室、トイレとリビングキッチンという近代的な設計であった。

夏雄が死んでから亮子が母屋に移り、代りに高志が離れに入った。母屋は姑《しゅうとめ》の布美《み》とお手伝いと女ばかりの三人暮しだ。

門の傍には飛鳥《あすか》流華道教授、家元、の看板が掛かっている。夏雄の父親が春日《かすが》流を脱退して新しく設立した流儀だから伝統もないし、さして大きな流派でもなかったが弟子の数は結構多い。小さくとも家元直門《じきもん》になれるという強味のせいかも知れなかった。父親の跡を夏雄が継いで、亮子は夫の死後、自然に家元を襲うという形になった。もともと先代の弟子で、夏雄の代稽古《だいげいこ》として女子高校や工場などへ出張していた亮子なのである。古参弟子にも文句のはさみようがなかった。高志は花には興味のない男だし、姑は無器用で昔から花鋏《はなばさみ》を握ったこともない。

二十九歳で寡婦になった亮子が離籍して実家へ戻れないのは、飛鳥流の家元の後継という特殊な事情以外に、帰れる家がない立場の女だった。両親は早く死んでいて、実家は一人きりの姉が養子を取った。その姉夫婦は転勤で九州の福岡に居る。義兄は銀行員であった。飛鳥家を出ても差し当って行く所がない。

姑は口やかましい人だったが、夏雄の死後は亮子を頼る風であった。華道の家元という家柄が自然、亮子を中心に生活が組み立てられた。

日曜日は自宅稽古で午前中だけの規定だが二時過ぎまでは弟子が来る。

それでも六月になって二度目の休日という気候のよさのせいか、稽古を休む者が存外に多かった。晴れた日曜である。若い娘は嫁入り修業の華道よりも、恋人と自然の花の中に融《と》け込むほうがふさわしい。

お弟子さんがすっかり帰ってしまってから、亮子が残った花材の始末をしていると、電話のベルが鳴った。受話器を取ると、高志であった。午《ひる》近くまで眠っていて、亮子が知らぬ間に外出したらしい。

「義姉《ねえ》さんに話があるんだけれど、ちょっと出て来て貰《もら》えない……」

亮子は体の芯《しん》に火が点《つ》いたと思った。あの夜から一か月近く、待ちのぞんでいた言葉である。

亮子は今日までの日、何度、あの晩の己れの拒絶を自分から高志へ取り消そうと考えたか知れない。それが出来なかったのは亮子の虚栄である。だが、もうその必要はなかった。相手は向こうからきっかけを作り出した。

「お稽古も大体、済んだから出かけてもいいけれど、どこにいらっしゃるの」

亮子は自然に甘えたポーズを取っていた。

「今は新宿だけれど、明治神宮の中の菖蒲園《しょうぶえん》ね。あそこの池の辺で待っている」

電話が切れた時、亮子はうるんだ眼を暫《しばら》く空間に据えていた。瞼《まぶた》がほんのりと赤く染まっている。

菖蒲園は今が盛りであろう。白や紫の花の中で再び男は愛を求める心算《つもり》かと思った。

(よい場所を……)

と嬉《うれ》しい。女はムードに弱いという言葉を高志は知っているのかと可笑《おか》しかった。そうでなくとも今日は、の心である。

亮子はいそいそと着替えに立った。納戸の箪笥《たんす》の前で思案する。長襦袢《ながじゆばん》も真新しいのを取り出した。ピンクの一越《ひとこし》をたとうから抜いて、亮子は結局、渋い結城《ゆうき》に袖《そで》を通した。年齢を意識して若作りにして来たと思われるのは恥ずかしい。帯だけは白地に赤で芭蕉《ばしよう》の葉を染めた派手なものを締めた。

衿《えり》と胸と手首に香水を吹きつけ、亮子は表通りでタクシーを拾った。心もとない程、気がせく。表参道《おもてさんどう》で車を下りると、玉砂利を入って行く人の数はかなり多かった。アベックも、家族連れも目立つ。

(菖蒲園は混雑しているのではないか)

亮子は幸せの影が薄くなったような気がした。誰もいない、ひっそりした花の間で高志の胸に抱かれる自分を、期待していたようだ。

菖蒲園は参道の中途にある。亮子は参詣《さんけい》を後まわしにして入場券を買った。明治神宮へは高志と帰りに詣《もう》でればよい。もしかするとそれが二人の新しい誓いのしるしになるかも知れないのだ。

園内は案の定、人が多かった。それでも池の附近には家族連れが一組、ベンチに腰かけているくらいである。大部分は菖蒲の咲いている奥へ歩いて行く。躑躅《つつじ》の蔭《かげ》に立っているグレイの背広へ、亮子は小走りに近づいた。

「長いことお待ちになった。ごめんなさいね。おそくなってしまって……」

言葉つきが恋人になっていた。亮子の体中から陽炎《かげろう》みたいなものが立ち上っている。声も動作もはずんでいた。

「菖蒲園の方は随分な人のようね。日曜日だし、花も今日あたりが見頃だから……もっと静かだろうと思って出て来たのだけれど、やっぱり東京はどこへ行っても人間ばかりなのね」

亮子は京都の庭を連想した。苔寺《こけでら》か大原の寂光院《じゃっこういん》、三千院《さんぜんいん》のあたりにでも、高志と二人きりで歩くに適当な場所を思い浮かべる。

「義姉《ねえ》さん……」

「え……」

高志の複雑な表情に亮子はまだ気づかない。

自分の感情に溺《おぼ》れ、それだけによりかかっている。

「逢《あ》って頂きたい人がいるんですよ」

高志は植込みの後へ顔を向けた。ベンチに後姿を見せていた女がすぐに立って来た。

「悠利《ゆり》さん……」

亮子はあっけにとられた。西条《さいじょう》悠利は羞恥《しゅうち》のある会釈をした。亮子とは女学校が同級であった。親友というわけではない。

「いつも会社でお世話になっているんだ」

言葉を添えられて亮子は彼女が高志と同じ商事会社に勤めていることを想い出した。

「いいえ、お世話になっているのは私の方……」

西条悠利は高志の肩のかげに顔をかくすようにした。小柄なのと洋服のせいもあってせいぜい二十四、五にしか見えない。亮子と同い年だから満でも三十歳になっている筈《はず》だ。

「義姉さん、僕、悠利さんと結婚しようと思うんだ。もう約束も二人の間で出来ている」

亮子は義弟の声をぼんやり聞いていた。

「義姉さんと母さんさえ承知してくれれば、正式に仲人《なこうど》を立てて西条さんの家へ話を持って行きたいんだ」

突然、亮子は足許《あしもと》の土が音を立ててくずれたような錯覚を起こした。

「ね、義姉さん、義姉さんもまんざら知らない人じゃないし……」

「それはそうですけれど、あの方はどうするの。この間のお縁談《はなし》の娘さんは……」

「馬鹿馬鹿しい。お見合したわけでもないのに……断わっちまえばいいじゃないか」

高志は腹立たしげに義姉をどなった。

「そうね。そうだわね……」

亮子は言葉を失った。目の前の二人の結婚を妨害する理由をなにも持っていない。

「本当は僕たち、今日は会社の上役の人の所へ仲人をお頼みしに行く心算《つもり》だったんだよ。この人がどうしても義姉《ねえ》さんにだけは先に打ち明けておきたいって言うんで、わざわざ呼び出したんだ……」

すると、此処《ここ》へ自分を招《よ》んだのも高志の意志からではないという事になる。亮子は頭の芯に錐《きり》をもみ込まれたような痛みを感じた。

「お忙しいのに、すみませんでした。どうぞよろしくお願い致します……」

西条悠利は子供っぽい頭の下げ方をした。彼女の家庭はかなり裕福な中産階級だったと亮子は記憶している。

「じゃ僕らは重役さんの所へ寄って、それから一緒に家へ行くから、義姉さんは菖蒲でも観てお帰りよ。華道の参考になるんじゃないか……」

高志の言葉に亮子は初めての皮肉を見出《みいだ》した。辛うじて微笑した。

「そうするわ。なるべく早く二人で帰っていらっしゃい。食事の仕度をしておきますから」

「いや、夕食は外で済ますよ。今日は中華料理をおごる約束なんだ……」

それでも亮子は笑いながら、寄り添って菖蒲園を出て行く二人へ手をふってやった。

絶望が彼女の両肩にのしかかっているようであった。一人になると空も庭も灰色に見えた。ベンチに腰を下ろして池を眺めた。睡蓮《すいれん》の朱《あか》さが亮子の心に狂暴を誘うようだ。亮子はとろりとした池の中をざぶざぶ歩いてみたいと思った。実際にその勇気はない。

日がかげって来ていた。亮子は蹌踉《そうろう》と菖蒲園を出た。幾組もの男女が植込みの間を歩いている。手をつないでいるのはまだしも、大胆に肩へ腕を廻《まわ》している二人連れもあった。白昼の、人通りもあるのにと思うのは亮子の古い感覚である。当人同士は恋人であることを周囲にみせつけてはばからない。正々堂々と人目を避けないのは、むしろ公明正大で健康的な恋愛なのだと言っているようでもあった。男は勿《もち》論《ろん》、女にも遠慮とか羞《はじ》らいなどがきれいさっぱりなくなっている。それが新しい恋のようであった。現代的というより亮子には原始に近づいたような気がする。

スカート丈の短い、まだ子供子供した娘が学生らしい男にぶら下がるようにして亮子を追い越して行った。

ふと、亮子は高志の嫁にどうかと話のあった山宮千鶴子《やまみやちづこ》を連想した。亮子の華道の弟子である。昨年、短期大学を卒業したばかりだから二十歳《はたち》かそこらでもあろう。

(高志が山宮千鶴子と結婚するのだったら)

こうまで取り乱さなくて済んだのではなかったかと思う。理由は単純であった。西条悠利は亮子と同じ三十代の女性である。

3

高志と西条悠利の縁談はスムースに進んだ。会社の方は子供でも出来るまでは当分、共稼ぎという事になった。

(家に居て姑《しゅうとめ》、小姑と顔を突き合わせているよりは……)

と二人のしたり顔が目に見えるようで亮子はたまらなかった。高志達の勤めている商事会社は共稼ぎを拒まない。

花嫁の年齢を考慮して結婚式の日取りは六月最後の大安吉日と決《き》まった。

「同じ職場で働いていた者同士の事だから気心も知れていよう。今更、交際期間を長く必要とする間柄でもあるまい」

というのが表面の理由だったが、亮子には高志の自分に対する当てつけと想像された。神経がむき出しの電線みたいにびりびりしているのが自分でもよくわかった。頻繁にその癖、亮子は二人の結婚に大賛成なのだという自分の姿勢を守り続けた。頻繁に訪問してくる西条悠利に経験者らしく、なにくれとなく世話を焼いた。

結婚する二人は離れに住む事になっていた。三年前、亮子が高志の兄と新生活を始めた離れである。僅《わず》か二回の春秋を重ねただけで母屋《おもや》へ移った亮子は未亡人と名が変った。

六月の末になると西条家から新婦となる悠利の道具類が何度も運び込まれて来た。真新しい電気器具や贅沢《ぜいたく》な洋服簞笥《ようふくだんす》、昔ながらの桐簞笥、整理簞笥などが離れを明るく彩《いろど》った。子供時分からベッドを愛用しているという悠利のために、高志は四畳半の寝室を改造させてダブルベッドを入れた。

「悠利さんて人は心がけのいいお嬢さんだねえ、自分で働いたお金をきちんきちんと貯金して結婚資金を作っておいたんだって。赤ん坊が生れるとなれば、自分の退職金がそっくり出産費用になるって笑っていたけれど、近頃の娘さんはしっかりしてるもんだねえ」

姑の言葉も亮子は聞き流しに出来ない。一通りの嫁入り仕度は揃えて来た亮子だったが、裕福な両親の揃っている悠利の仕度には及びもつかない。

「悠利さんの洋服箪笥は普通のの二倍もある大きさなのに、流行の服で一杯なんだよ。ハンガーの数だけでも五十はあったろうね。おつとめをしてなさったのだから洋服ばかりかと思っていたら、お家《うち》では専ら和服党なのですって……。お父様のお趣味で仕舞《しまい》の稽古《けいこ》もなすってらしたとか。和服の好みも上品なものばかりだよ」

「高志さんはいいお嫁さんがきまって本当にお幸せですわ」

砂を嚙《か》むような思いで亮子は姑に微笑する。義弟に失恋して、のたうち廻《まわ》っている自分だとは、他人にも己れにも知らせたくなかった。

(もともと私はあの人と結婚する気はなかった。嫌いではないけれど、夫とするにはどこか坊や臭くて頼りない気がする……)

亮子は自分に言いきかせる。

(それに……二歳も年下なんて……。姉女房になることは生理的に堪えられない)

その意味では同じ条件の西条悠利が、よく高志と結婚する気になったものだと亮子は不思議にすら思う。男が年下だという事に、亮子は必要以上にこだわった。無論、口には出さない。

西条悠利にも高志にも亮子は常に愛想よかった。態度も明るく、華やかにふるまう。

「私と同い年の亮子さんが未亡人だなんて可笑《おか》しな気がしますわ。お子さんがおありでもないし、再婚のことお考えになってよろしいんじゃありません」

「そうね、よい人がみつかったら……」

やんわりと笑っている胸の中では、

(嫁に来る前から、もう邪魔扱いか)

と忌々しい。同時に自分には、もう二度と再婚の機会など訪れよう筈《はず》もないとかたくなに思いつめていた。

あの夜、高志のプロポーズを拒絶さえしなければ……。

その想いは結婚式の当日までつながった。純白のウエディングドレスの花嫁が高志の隣に並んだ時である。

(もし、あの朧《おぼ》ろ夜《よ》に高志の申し出を受け入れたとしたら……)

その席は自分が立っている筈のものである。亮子は白いレースの飾りがたっぷりついている花嫁衣裳《いしょう》から、自分の藤色の訪問着へ目を落とした。一重の季節なので、結婚式の案内状へは略装にてと添え書きしておいた。花婿もモーニングではない。黒いダブルの背広の胸にローンのハンカチをのぞかせただけの折り目正しさが、高志を若々しく、清潔に見せている。初々しい花嫁と好一対と誰の眼にも見えるようだ。

来客への挨拶《あいさつ》、その他の細々とした雑事に亮子はせわしなく動いた。頼まれ仲人《なこうど》は殆《ほとん》ど役に立たない。

花嫁の着替え、化粧、食事にまで亮子は細かく気を使った。三年前の自分の経験が一つ一つ役に立つ。或《あ》る意味では、亮子は自分の傷口をかきむしっているようでもあった。経験という言葉では済まされないなまなましい記憶である。三年前の幸せの座をそっくり弟嫁へゆずり渡している。亮子の立場は女の終着駅だった。花嫁と同じ年齢の自分がこれから何年も暗がりを未亡人という名でたどらねばならない。死んだ人の弟の嫁になる事で、亮子は新しい妻の座を得ると考えていた。今までの自分の位置をその儘《まま》、兄から弟の持ち物になる。亮子のような古い型の女にはそれが一番、安易な道だった。飛鳥家《あすかけ》を離籍して再婚を計るにはいくつかの障礙《しょうがい》がある。飛鳥流華道の家元問題、亮子の独立とそれに伴う経済的裏付けなど、亮子はそうした煩瑣《はんさ》に辛抱が出来ない。繁雑を乗り越えて新しい人生を考えるには自立心がなさすぎた。少々の事は我慢しても定着した場所に依存していた人間である。高志との結婚を諦《あきら》めねばならぬ現在、亮子に残されたのは華道教授として生きる未亡人の長い命だけのようだ。

花と向かい合って過ごす明暮《あけくれ》を亮子は決してうとましいものとは思っていなかった。少くとも高志が独身でいる限りは華道の心を信頼出来た。義弟の結婚が妨げられないものとなって以来、亮子の見る花は全く色あせた。花の翳《かげ》ばかりに亮子の心が止まる。暗く沈んだ花の裏には女の翳りがひそんでいるようだ。

華道に打ち込んで苦しみを忘れる事は不可能だった。踊りや舞のように身体を動かすものならまだ発散されよう。花に向かって坐《すわ》っていることは、一層、感情を圧《おさ》えねばならない。抑圧された女の心はしばしば執念の炎を燃やす。その炎のエネルギーには目的がなかった。出口がない。亮子は活火山を体の中に抱いて、どしゃ降りの雨を浴びているようなものである。

披露宴は三時に終えた。箱根へ新婚旅行に出かける新夫婦を送って亮子は新宿駅までハイヤーに同乗した。姑と仲人と新婦の女友達も別な車で続いた。

ロマンスカーの明るい色彩がハネムーンに似合《にあ》わしい。花嫁は初夏らしいブルーのツウピースに白いコートを抱えていた。花嫁の服の色と全く同色のネクタイを高志の胸に見出《みいだ》した時、亮子はそれを引きちぎりたい発作にかられた。亮子の指が起こした動作は義弟のネクタイの僅かなゆがみを優しく直してやっただけの事である。

発車ベルが鳴ってドアが軽く閉まった。人影も電車もなくなったプラットホームで、亮子は弟を新婚旅行に送り出した義姉の満足そうな微笑で、送ってくれた客達に丁寧な挨拶の腰をかがめた。

4

水曜日、亮子は新橋の出稽古《でげいこ》から戻って来て弟夫婦の帰宅を知った。

「お帰りになったら、すぐ離れへおいで下さるようにとの事でございます」

出迎えたお手伝いにハンドバッグをあずけると、亮子はおくれ毛をかき上げるようにしながら渡り廊下を歩いた。

「義姉《ねえ》さん……?」

離れの襖口《ふすまぐち》へ手をかけると高志が訊《き》いた。足音だけで自分を知ってくれたことが亮子には無性に嬉《うれ》しい。

「お帰りなさい。割合に早かったのね」

亮子はいそいそと部屋へ入った。円いテーブルに二人は肩をもたれ合った恰好《かっこう》で義姉を迎えた。卓上に見馴《みな》れない洋酒の瓶が二種類出ている。トランプのハートをくりぬいた形の灰皿と、ピンクとブルウの一対のブランデーのグラスが亮子を鼻白ませた。

「本当は昨日中に帰る心算《つもり》だったんですがね……」

新しい夫婦はなんとなく眼を見合わせた。新婚旅行の日程は二泊三日の予定だった。

「あんまり楽しいものですから、私が我儘《わがまま》を言って一日延ばしてしまいましたの」

新妻は媚《こ》びのある視線を夫の横顔へ当てた。

「ハネムーンから支配されちゃあたまらないと思ったんですが、結局、譲歩しましたよ。どうせ会社の休暇は五日とってあるんだし……」

切れた語尾に亮子は、早く帰っても仕方がない、という台辞《せりふ》をつぎ足した。

「お姑《かあ》さまに御報告なさいましたの」

心の奥とは裏はらに柔らかい声で訊いた。

「ええ、たった今までここにいらしたんですよ。あんまり長居をしては邪魔だろうって、まだいいって言うのに引き揚げて行っちまったんです……」

「そう……」

亮子は微笑を守り続けた。お前も邪魔だから早く母屋《おもや》へ戻れという謎かと感ぐってみたりする。

「ホテル、混んでました？」

どうでもいい事を言葉の上でだけ操る。

「そうでもなかった。外人客が殆どですよ……」

「ロビイにいると、まるで外国へ旅行しているような錯覚を起こしますの」

「なんだ、一日中、部屋にばっかり籠《こも》っていた癖に……」

他愛のないやりとりにさえ夫婦の馴《な》れが覗《のぞ》いて、亮子は耳を被《おお》いたくさえなる。

「そうだ、義姉さん、一杯飲みませんか。甘い酒ですよ」

高志が眼で示した瓶は金の飾りのある洒落《しゃれ》た形の、リキュールの一種らしかった。

「おい。義姉さんにグラスをあげたら……」

悠利の声が甘く戸惑った。

「あら、どうしましょう。ブランディグラスはそのお対《つい》のしかないのよ」

ピンクとブルウを亮子は眼のすみで見た。

「普通の、来客用のグラスでいいじゃないか……」

そうね、と悠利が上げかけた膝《ひざ》を、亮子は遮った。

「私は沢山、お酒なんか飲みつけないものを頂いて眠れなくなるといけないから……」

来客用、と言った高志の冷たい調子が胸にしこっている。

「一杯ぐらい大丈夫ですよ。これはね、ベッド用のカクテルによく使われるんでね」

高志が、もう何度目かの眼を悠利と見合わせる。たまりかねて亮子は立ち上がった。

「稽古で疲れているから、話は又、明日にでもゆっくりね」

離れの夫婦はおやすみなさい、と応じた。伏し眼になって亮子は自分の居間へ戻った。お手伝いが亮子の布団を敷いている。

「もうお戻りですか……」

離れへ行って二十分と経っていないのだ。

「長居をしては野暮でしょう」

あっさりと笑って窓を開けた。夜風の快い季節である。庭をへだてて離れのテラスが見えた。テラスにビニールの紐《ひも》が張ってある。紐には女物の下着がずらりと並んでいた。旅行中にためて来た洗濯物を一度にしてテラスに乾したものと見える。派手なピンク、ブルウ、藤色、黒などの色彩が外燈《がいとう》の光りでぼんやりと分る。不意に亮子は吐き気を感じた。女の下着が亮子に連鎖作用をもたらしたのかも知れない。

「おやすみなさいませ」

お手伝いは亮子の奥に起こっている変化に気づかず廊下へ下がって行った。

亮子は窓を閉め、鏡の前に坐った。クレンジングクリームを掌《てのひら》に取って顔へ伸ばす、化粧の下から蒼《あお》い女の肌が鏡に映った。艶《つや》の失《う》せた三十女のわびしさが、初夏の夜の孤独にひっそりと堪えている。

素顔の儘《まま》、亮子は坐りつづけていた。取り返しのつかないことをしたという想いが今更のように亮子の鼓動を早くしていた。

（どうにかならなかったものか……）

と頻《しき》りに思う。義弟のプロポーズに耳のつけ根を熱くしたのは五月の、やはり水曜日の夜だったと記憶をたどる。

(何故、あの時、男の腕に素直な自分の心を投げかけて行かなかったのか……)

否定的な言葉を弄《ろう》した自分が嘘のようだ。それにつけても一応の拒絶で背を向けてしまった義弟の薄情さが憎い。歿《な》くなった夫の弟の、しかも年下の男の愛情を受け入れるまでの僅《わず》かなためらい、女の心のニュアンスが高志に判って貰《もら》えなかったのも口惜《くや》しい。

あの夜の行き違いから、西条悠利との結婚を打ち明けられるまでの一か月の中になんとか義弟の心を自分へしっかり結びつける方法がなかったものか。

義弟が一人で眠っている離れへ、深夜、しのんで行く自分の姿を亮子は想像した。あの夜の拒絶は本心でなかったと彼の胸に呟《つぶや》く機会がありさえしたら……。それも、もう遅い。

のろのろと立ち上がって帯を解いた。懶《ものう》い動作である。着物を袖《そで》だたみにして枕《まくら》許《もと》へ置いた。髪に手をやって、あらと声に出た。髷《まげ》に挿していた筈《はず》の飾り櫛《ぐし》がなかった。

(どこへ落としたのだろう……)

鼈甲《べっこう》に真珠をあしらった高価な品で、外出から戻った時には必ず玄関の鏡で在否を確かめている。亮子は部屋を見廻《まわ》した。

（落としたとすれば離れだ……）

廊下なら音がするから気がつくだろう。長襦袢《ながじゅばん》の恰好で亮子はふらふらと部屋を出た。

夜更けに若夫婦の居間を訪ねる非礼さを亮子は意識していない。離れから戻って来て十分と経っていないような錯覚を起こしていた。渡り廊下には灯《あか》りが点《つ》いていた。月明りもガラス戸から射している。

襖の所で亮子は声をかけた。

「高志さん……」

答えはない。

「悠利さん……」

襖を開けた。居間の電気は消えているが、窓からの月光がすみずみまで照らし出している。テーブルの上には洋酒の瓶やグラスや茶碗《ちゃわん》、果物の食べ散らしなどがその儘になっている。畳に女の下着が脱いであった。

花の匂いがしている。亮子は整理簞笥《だんす》の上を見た。赤とピンクのばらが薄明りの中で僅かに揺れている。亮子が開け放した襖口《ふすまぐち》から夜風が流れ込むらしい。新婚夫婦の帰宅のために昨日、亮子がいけておいたばらである。はじめは黄色いばらを壺《つぼ》に挿した。黄色のばらの花言葉が「嫉妬《しっと》」だったと気がついて慌てて変えた。花びらの厚みの蔭《かげ》は暗く、闇が襞《ひだ》になっているようだ。

「高志さん……」

呼ぶというよりもその人の名を呟く調子だった。

亮子は寝室の前まで歩いた。居間と寝室のしきりは襖である。指をかけて亮子は内部を窺《うかが》った。自分の行動を浅ましいとふりかえる余裕はない。自分がなにをしようとしているのかさえ亮子は意識していないもののようであった。

「高志……さん」

返事の代りに寝息が聞こえた。

疲れ切ってぐっすり眠り込んでいる風である。不意に時計が鳴った。二つである。

(もう、そんな時間なのか……)

亮子は鏡に向かっていた長い刻限を忘れている。この部屋へ髪飾りを取りに来た目的もどこかへ置き去りになっていた。

襖を二センチばかり開けた。赤い光が洩《も》れる。ベッドのサイドテーブルの上には真赤なシェードをかけたスタンドがある。小さな灯りが点けたなりにしてあった。

亮子は結婚して以来、灯のある部屋で眠った事がない。ダブルベッドの裾《すそ》がちらと視覚に入った。花模様のロマンティックな布団から亮子は眼を放さなかった。化石になったように突っ立っている。

布団からベッドへ、ベッドの下に脱いであるピンクの花飾りのついたスリッパ。視線が部屋をなめ廻して隅で止まった。亮子が立っている場所から三十センチばかり先の寝室の隅にガスの元栓がゴムのキャップをかぶっている。ガスストーブのためのものだが季節ではないのでストーブもガス管も片付けられていた。元栓にゴムのキャップをかぶせてあるのは危険防止のためである。

亮子はゆっくりと腰をかがめた。白い手を伸ばしてガスをひねった。ゴムのキャップを抜く。

かすかな気体の吹き出る音と、ガスの臭気が忽《たちま》ち辺りの空気を埋めた。

渡り廊下を母屋《おもや》へ帰る亮子の唇には狂気の笑いが浮かんでいた。

わかれる

1

M病院へ出勤して来て、更衣室で白衣に着がえている時、上月智子《こうづきともこ》は三〇一号室の患者の容態が悪いことを知らされた。

「夜明けの二時頃から急変してね。夜勤の遠藤《えんどう》さんもまだ帰らずにつめてる筈《はず》だわよ」

三〇一号室の患者は心臓病であった。特にどうということもないが老齢だけに楽観は許されない。M病院は完全看護という建前で家族の付添は許されないのだが、重患の場合だけは昼夜交替で外部からの派出看護師の付添を認めている。派出看護師の勤務時間は昼勤が午前八時から午後六時まで、夜勤が午後九時から午前六時までの決《き》まりだった。

上月智子は三〇一号室の昼勤の派出看護師である。

小走りに薬局部の前の廊下を通りすぎる智子を見て、村井恵吉《むらいけいきち》がとび出して来た。

「お早よう、上月さん……」

「お早よう」

足を止めずに智子が応じたので、村井との距離があいた。村井は慌てて追って来た。

「どうしたんです……」

「患者さんが悪いらしいのよ」

「そりゃあ大変だ」

二人とも歩きながらであった。階段が目の前にある。

「どうしても話したいことがあるんだ。昼休みに屋上で待っている……」

それだけを、落ち着かない智子の耳許《みみもと》へ漸《よう》く告げて、村井は階段の下で足を止め、息もつかずにかけ上って行く智子を見送った。

三〇一号室の患者は正午すぎに意識を回復し、夕刻にはどうやら危機を乗り越えたようであった。

「どうも有難うございました。疲れたでしょう。もう大丈夫だから……」

夜勤の派出看護師の出勤してくる九時まで今日は居ます、という智子へ患者の老妻がせめて今のうちに食事だけでも、とすすめてくれたので、智子は屋上の食堂へエレベーターで上った。食欲はまだ湧かず、熱いコーヒーが一杯飲みたかった。

「あら、上月さん、患者さん助かったんですってね」

レジの女の子が食券を渡しながら言う。

「おかげさまで、どうやらね」

智子は患者の身内のような返事をした。

「薬局の村井さん、随分、待ってたわよ」

智子とは娘に近いほどの年齢差なのに、ませた冷やかしを露骨に見せてからかい顔であった。

「ああ……」

思い出した表情を作ってみせたが、村井との約束を忘れていたわけではなかった。思い出すどころではなかっただけのことである。

「村井さんも、上月さんの患者さんが悪いってことは知ってたわよ」

「そう……」

智子はレジをはなれた。

「村井さんねえ、待ちくたびれてしょんぼりしてたわよ」

コーヒーを運んで来た子にも言われた。中学を出たばかりの年頃なのに、男女の噂には極めて好奇心が強そうだ。

エレベーターを三〇一号室のある三階で下りずに一階まで降りた。

薬局は閉まっている。居残りの人も見えない。

土曜日だったことに智子は気づいた。薬局は土曜は午後三時に閉める。日曜は休みであった。

午後九時、夜勤の遠藤比那子《ひなこ》と交替して、智子は患者と、患者の老妻に心をこめた挨拶《あいさつ》をして更衣室へ戻った。

白衣を脱ぎ、昼に開きそこねた弁当を開けた。心の奥が重い。

「患者さんが助かったってのに、馬鹿にしょんぼりしてるじゃないの。疲れたんだね。ああそうか、お昼に彼氏とデイト出来なかったんだってね」

昼勤の芳野《よしの》が、いいともがクロークの鍵《かぎ》をガチャつかせながら入ってきて、いきなり言った。毎度のことながら病院内のニュースは流れるのが早い。

「芳野さんも、遅いじゃないの」

昼勤は夕方六時に解放される。

「午後になって急に手術したのよ。ガスがたまって腹膜炎になりそうだっていうんで……」

「大変だったわね」

まともにねぎらった智子へ、芳野は底意のある笑顔をむけた。

「村井さん、二、三日休みとったんだってよ」

「え」

「田舎へ帰ったんだってさ。長崎だってね、村井さんの田舎、いい家《うち》の息子らしいじゃないの」

「長崎……」

智子は顔色を失った。村井が長崎へ帰ったのなら四、五日は逢《あ》えないのだという想いがまず胸に来た。逢えないことへの切なさではなくて、今朝の階段のところでの村井とそそくさとした別れ方をしたことが智子にはショックであった。あの時は又、すぐに逢えるつもりであった。少なくとも今日一日の別れのつもりではなかったのだ。

「あらまあぐっと深刻そうじゃないの。村井さんが田舎へ帰ったこと、そんなに重大問題なの」

芳野ともには智子の動揺が楽しげであった。

「お正月におくにへ帰らなかったから……」

低く、智子が呟《つぶや》いた。

「よく知ってるわね。二人で温泉でも行ってたんじゃない」

「まさか」

「そうオ……薬局部じゃもっぱらの評判よ。村井さん、田舎へお見合しに帰ったらしいって……」

芳野ともの期待に反して、今度は智子の反応が薄かった。が、ショックの表情に変りはない。

智子は今朝の村井との別れ方にだけこだわっていた。村井の約束を止むなくすっぽかしたことはそれほど強く心に引っかかっていない。ただ、あんな別れ方をしたことに後悔があった。あんな別れ方で村井と永久に別れたくない。

「私……村井さんに又、逢えるかしら」

不安が口に出た。

「そりゃ逢えるでしょうよ。四、五日すれば帰ってくるんだから……」

煙草をくわえて、芳野は智子の銷沈《しょうちん》ぶりを見守った。明日の話の種に屈強である。

「あの人、無事に帰ってくるかしら」

口悪のお喋《しゃべ》りな先輩看護師が耳をすませているのを智子は意識していないようであった。

気持がとりとめもなく揺れ動いて自分自身どうしようもない。

「交通事故にでもあわない限り無事に帰ってくるわよ。もっともお見合して結婚の約束でもして来たんじゃ、あんたにとって無事でとは言い切れないでしょうがね」

「交通事故……」

どきりと胸を突かれた。

「馬鹿ねえ。苦労性だわ。あんたって人……」

煙草の煙といっしょに、芳野ともは無責任な高笑いを更衣室中に吐き出した。

2

日曜、月曜と過ぎた。

三〇一号室の患者の病状は一進一退のようだったが、前途はそう暗いものではなさそうだった。

勤務の間に、智子は二度ほど薬局部の前を素通りした。村井恵吉はやはり休暇を取っていた。

「立ち入ったことを伺うようで気を悪くされるかも知れないのだけれど……」

見舞客の持って来た花束を洗面所で花びんに挿していると、智子の背後に患者の老妻がそっと立って来た。部屋に付随した洗面所だから、ベッドで眠っている病人の他に人の耳はなかった。

「一昨日の土曜に、主人が重態になった日のことですけれど、あなた、或《あ》る方と大切なお話があったのに、それが主人のさわぎで駄目になってしまったというの本当かしら」

「誰がそんなことをお耳に入れたんです」

智子は同僚の口の軽さにあきれた。

「誰がといって……つい聞いてしまったことだけど、主人も、もし私たちのためにあなたの幸せがこわれてしまったのだったら、大変に申しわけがないと心配しているものだから……」

「とんでもない」

母のような年頃の老婦人の心づかいへ、智子は大きく首をふった。

「それ、たぶんこの病院の薬局部の村井さんという人と私とのことだろうと思いますけれど、だったら御心配なさるようなことなにもありませんのです」

「でも、その方、御郷里へ……」

「お見合に帰ったというんでしょう。その噂がもし本当だとしても……私が土曜日に村井さんと話し合う時間があったとしても、やっぱりお見合に帰ってもらうより仕様がなかったんですもの」

花びんに挿したバラの枝ぶりを直しながら、智子は無造作につけ足した。

「私、北鎌倉《きたかまくら》に主人がいるんです」

「御主人が……」

いいさして老婦人はいそがしく病室へ目をやった。他に聞く人のないことを確かめた老婦人の心くばりに智子は安らぎを感じた。

「夫といっても戸籍上はなんでもないんです。嫌な言葉ですけれど同棲《どうせい》っていうんでしょうか。もう十年になるんです」

「そう……」

嘆息のような返事だった。

「お子さんは……」

「ありません」

智子のほうが明るい顔で否定した。北鎌倉へは月に一度くらいは帰っているが、夫である岡島陸平《おかじまりくへい》との夫婦生活は五年も前からとだえていた。原因は陸平が肺を悪くして以来である。看護師の資格に、この伝染病は怖い。

「あなたも御苦労なことですね」

老婦人の眼にいたわりがこもっていた。

「人並みに、ですわ」

微笑で智子は応じた。

「噂って無責任なものですね」

老婦人は自分からその話題を閉じた。言葉のあたたかさに、智子は思わず村井恵吉との仲を告白したい気持になったが、それは止めた。

その日の帰りは都電に揺られている中《うち》に雨になった。

宮城《きゅうじょう》の堀ばたに立つ青い外燈《がいとう》の灯を、くもった電車のガラス窓越しに点々に眺めながら、智子は、村井恵吉との出逢いも雨の夕暮だったと思い出した。はじめて逢ったのは三年前である。

智子の所属している派出看護師会は主としてM病院の他、T病院、K病院、S病院などに、看護師を病院側の申込みに応じて派遣しているのだが、智子はそれまでS病院へばかりが続いていた。たまたまM病院へ行くことになったのは、S病院で治療を受けていた白血病の少女が、M病院へ途中から移り、付添っていた智子が患者のたっての依頼でついて行ってからのことである。

半年目に少女が死んでからも、次々とM病院での仕事が出来て、いまだにM病院専属のようなことになっている。

夏の夕方に降り出した雨の中を智子が帰りかけると、

「すみませんが、都電の停留所の所まで入れてってくれませんか」

と声をかけた男がいた。それが村井恵吉であった。

都電に乗ってみると、帰る方角が渋谷《しぶや》までは一緒で、智子は村井が薬局部に勤めていることを聞いた。派出看護師はめったなことでは薬局部に行くことはない。智子もそれまで村井の存在をまるで知らなかった。

「僕は知ってましたよ。今度、S病院から患者について来た付添看護師は年も若いし、なかなかの美人だって病院中が噂してましたからね」

今、屋上の食堂で飯食ってるぞとインターン生が知らせに来て、わざわざ屋上まで智子を見に行ったこともある、と村井は笑った。

「オーバーね。実物は若くも美しくもなくてすみませんでした」

その夕方がきっかけで、村井は時折、智子を映画や食事に誘うようになった。二、三度逢《あ》う中《うち》に、村井の年齢が智子と同じ三十三歳であり、M病院づとめとは言っても医者ではなく事務系の職員であることなどがわかった。が、それ以上、おたがいの私生活に入り込んだ質問は久しい間、どちらからも出ないでいた。

M病院で三度目に智子がついた患者は著名な実業家で、太っ腹な男だったが反面、わがままで散々、智子を手古《てこ》ずらせた。四か月ばかりの看護のあげく、その患者が退院したあと、派出協会はすぐに引続いてM病院の別の患者についてくれるよう言って来たが、智子は、三、四日休ませて欲しいと断わってアパートに引きこもっていた。

二日目に村井から電話がかかって来た。渋谷まで出て来ないかという誘いである。

「そんな気になれないのよ。なんだかがっくりしちゃって……」

「体の具合が悪いのかい」

「いいえね、あたし、付添っていた患者さんが退院したり、没《な》くなったりするといつもこうなのよ」

「わけのわからないこと言ってないで、とにかく出ていらっしゃい。来ないんならアパートまで押しかけて行きますよ」

押し問答の末、結局、智子は仕度をして村井の待つ渋谷の喫茶店へ行った。

「変な人だな、患者が死んだのなら人情でショックだっていうのもわからなくはないけれど、元気になって退院して行ってもショックでがっくりしちゃうってのはどういうのさ」

村井は智子の深刻げな表情が可笑《おか》しそうであった。

「淋《さび》しいのよ。僅《わず》かの日数でも一緒に暮した人、付添ってあげた人と別れることが、たまらなく淋しい。さよならって言ったとたんにその人はもう自分とは無縁の人になったんだなと思うと、心の底が空っぽになったみたいでね。足もとから風が吹き上げて来た時のような空しい気がして、なんともたまらないのよ」

「相手は患者だぜ。君の恋人じゃない」

「別れるってことが嫌なのね。誰とでもさよならっていいたくない。別れるってことが身を切られるようにつらい……どうしてかしらね」

うつむいてオレンジエードを飲んでいる智子の襟足を、村井は長いことみつめていた。

「僕の聞いた話では、付添看護師になる女って大抵が不幸な過去を持っているようなんだ。夫に死なれた未亡人、男に裏切られたり、捨てられたり、結婚に失敗した女とか、そういう人が大部分らしいが……」

くちごもった男の言葉のあとを、智子はすらすらと続けた。

「私は夫がいるのよ」

「えっ」

と驚きを村井は声にまで出した。驚きっぷりが智子には快かった。

「二十五の時に知り合ったの。その人の姉さんがS病院へ入院しててね。私が付添だったのよ。姉さんは死んだけど、その人といっしょに暮すようになったんだわ」

「上月って姓は、その男のか」

「彼は岡島というのよ。岡島陸平。私、籍は入ってないの。結婚式をしたわけじゃないし、子供でも生れたらなんていってたけど、おたがいにルーズなもので……」

「君が、そんなだとは思いがけなかったよ。過去に結婚した経験はあるんじゃないかと思ってたんだが……」

みじめな表情をかくそうともしない村井に智子は或《あ》る愛情を感じた。母親が子供の傷口をなめて癒《い》やそうとするのに似ていた。

「もう五年以上も別居しているのよ。大したことではないけれど、胸を患ってね。

北鎌倉で売れない絵を描いてるわ。一か月に一度くらい、下着だの食べ物など持って行くんだけど、男と女の関係は全くないのよ。どちらからともなく自然にそうなってしまって……」

「信じられないな」

そっぽをむいたまま、村井は煙草に火をつけようとしていた。

「戸籍の入っていない夫婦で、時々、逢っても体の関係もないなんて……だったら、とっくに別れる筈《はず》だ」

マッチの火が小さくふるえている。

「村井さんが信じられないのは勝手だけれど、でも、本当なのよ」

「変な人だ。君って……」

「そうかしら」

会話がぷつんと切れた。

喫茶店を出て、春の夜らしい生あたたかい雑踏を渋谷駅まで歩いた。

「その人に、君、ずっと送金してるの」

「いいえ、遺産があるから食べるだけのことには困らないらしいわ。時々は仕事もしているようだし……」

駅で別れる時、智子は心をこめて、さよならを言った。これが村井とのこうした逢い方をする最後だと思っていた。村井はふりかえりもせずに去った。

だが、一週間ほど休んで智子がM病院へ出勤するようになると、村井は再び、デイトを申し込んで来た。智子はためらったが、すべてを打ちあけてあることだし、拒絶する気にもなれなかった。

食事や映画という月並な交際が続いたが、村井は北鎌倉のことは糸が切れたように口にしなかった。智子も触れない。

二人が他人でなくなったのは、この暮のことである。どっちからともなく別れ難くなってホテルへ泊った。智子の体も心も、北鎌倉の男をまるで想い出さなかった。情事は二度、重なった。が、二人の間になんの約束もないのだ。

村井恵吉が休暇をとって郷里へ帰り、どんな娘と見合をしようが、結婚をしようが智子は無関係である。

雨の中の都電はのろのろと動く。青山付近らしいが、道路工事のせいもあって車の混雑がもの凄《すご》いのだ。人間が歩ける余地のまるでないような車と泥の間を傘をさして人が何人も走って通る。

渋谷で、智子は男物のセーターを買った。北鎌倉へ、じかに店から発送してもらうことにきめた。店員の差出すメモ帳に北鎌倉の住所を書きながら、その男の心とも体とも遠く離れてしまっているのに、住む場所だけは間違いもせずすらすらと書く自分が怖いようだと思った。

3

木曜日に、朝の出勤の時、薬局部の前を通った折にちらとのぞいたところでは村井恵吉の姿はなかった。今日も休みかと思っていたのだが、帰りがけ、うつむきがちに通りすぎると、

「上月さん」

声をかけられた。

「あら、いつ、お帰りだったんです」

「昼から出勤したんですよ。もう、帰れるの、君は……」

「ええ」

「玄関で待ってるよ」

「でも、あそこじゃ、あんまり……」

智子はいそがしく待ち合わせの場所を思案した。

「じゃ表通りにいるよ。郵便局の前あたりに」

返事を待たずに、村井は薬局部へひっこんだ。

更衣室で白衣を脱ぐ時、智子は今朝、スリップを着替えて来なかったことを気にした。汚れるというほどではないが、二日続けて着ている下着である。が、すぐに村井と逢《あ》う約束をしたとたんに、下着へ心の動く自分を浅ましいと感じた。村井とこれから逢ってなにが起こるというのだろうか。もし、病院内の噂のように彼が郷里で見合をして来たのだとすると、これから何十分か後に村井の口から出る言葉は、別れの宣告であるかも知れないのだ。

それでも智子は暗い電燈《でんとう》の下で口紅を丹念に引き直してからコートを羽織った。夜の風の吹きつける中で、村井は立っていた。近づいてきた智子へ手で合図すると、走って行ってタクシーを止めた。

自分が先へ乗り、智子へ早く、と声でせかした。

「六本木《ろっぽんぎ》」

と運転手へ言っておいてから、

「飯、まだだね」

と智子へ念を押す。

「ええ」

「いつか行った六本木の中華料理店へ行こうよ。いいだろう」

「ええ」

それきり、黙った。

タクシーはすぐ銀座《ぎんざ》のネオンの谷間へ入る。

寒い夜なのに人の出は少なくない。用ありげに、だがだらだらと歩いている。この時間、このあたりの食べ物屋はどこも満員にきまっていた。日曜でなくとも、洋食屋も中華料理の店もお茶づけ屋も結構、人が混む。旨《うま》くて安い店ほど混み合う時間が長かった。

虎《とら》ノ門《もん》の通りをアメリカ大使館のほうへ折れる右手に噴水のある一角が見えた。ネオンが照らしている噴水の周囲に白い煙がこもっている。寒げだった。

「東京はやっぱり寒いな」

村井の呟《つぶや》きの裏を、智子は長崎はもう春なのだと解した。九州という土地を智子は知らない。

長崎の三月は桜が咲くのだろうか。

六本木の中華料理店は二組しか客がなかった。どちらも中国人といった感じである。銀座の混雑とは別天地である。

「ここは夜が遅いほど混んでくるんだよ」

料理を注文してから、村井は以前にここへ智子を連れて来た時と全く同じ台詞《せりふ》を言った。

ビールを智子はなめるようにしか飲めない。

「付添看護師は大抵、酒は強いもんだがな」

「人生の敗北者が案外、多いからじゃない。女は一度、人生に失敗すると強くなるのよ。お酒にも、生活にも……」

「男にはどうなの」

「さあ」

真顔で考え込んだ。

「北鎌倉の人のことね」

不意に村井が言った。

「きっぱり別れてくれないか」

「別れる……」

スープをおたがいの器に取り分けていた智子の手が止まった。

「僕、郷里へ見合しに帰ったんだよ」

「病院の噂、本当でしたのね」

「君、気にした？」

智子は答えかねて、スープの器を村井へ渡した。

「縁談はもうかなり前からあったんだよ。昔から……子供の頃から知っている娘でね。別に口約束もなにもなかったんだが、改めてどうかということで、両親が僕を呼び寄せたんだ」

「そんな方がおありだったのに……」

自分と二度の情事を持った男へ智子は真面目に言った。

「いけませんでしたわね」

「末っ子ということで両親はいつまでも僕を子供扱いにするのだ。長兄も次兄もとっくに家庭を持っているだけに、独り者の僕が不安らしいのだね」

「羨《うらや》ましいですわ。三十をすぎても御両親に甘えていらっしゃるみたいで……」

孤独な女は、又、ビールを唇に含んだ。

「うるさいものだよ、親なんて……」

「肉親に恵まれていらっしゃるから、そんなもったいないことおっしゃるのよ」

「君、北鎌倉の男とは、すぐにも別れられるんだろう」

話が、唐突に前へ戻った。智子は途方に暮れる。長崎の縁談の話と北鎌倉の男と別れろという二つの話の脈絡がつかめない。

「君がいつか北鎌倉の男とは五年以上も体の関係はないといった時、僕は信じられなかった。戸籍上も夫婦でない男と女が、肉体のつながりもなくて続いているなどというのは僕の常識じゃ考えられなかった」

智子は男の眼をみつめた。正直に話している男の眼が真近にあった。

「だが、君を知って……君と体を一つにしてみて、僕は君の言葉が嘘じゃないように思えたんだよ。信じる気になったんだ」

ちらと照れた苦笑が村井の顔をかすめた。

「こんなこと、さも女にかけてはベテランの経験者の言いそうな台詞だし、実際、僕はそれほど女を知ってるわけじゃない。そんな僕が、君の体を知って、君の言葉を信じるなんてキザな言い方だと君は笑うかも知れない。自分でも照れくさいんだが、事実、そう思ったんだよ」

「信じてもらえれば嬉《うれ》しいわ」

言葉の上ではそう応じながら、智子は村井の言った、戸籍の上でも夫婦でなく、肉体関係もなくなった男女がただ続いているなどということはあり得ないといったことにこだわっていた。そうかも知れない。私と岡島陸平のつながりなど世間の常識では全くあり得ないことかも知れなかった、としきりに思うのだ。

「僕は君と結婚しようと思うんだ」

「え……」

聞き違えではないかと思った。

「君の返事次第で、郷里の見合の話のほうは断わる。君は僕のこと、どう思っているのか」

「どうって……」

智子は狼狽《ろうばい》した。

「好きかい」

「そりゃ、好きですわ」

好きには違いなかった。娼婦《しょうふ》ではなし、嫌いではホテルまでついて行けない。

智子の答に村井は満足したらしかった。

「じゃ、別れてくれるね。北鎌倉の人とは……」

「今更、別れるなんて……」

言葉のニュアンスを、村井ははき違えた。

「そうさ。今更、別れるもへったくれもない話だね。戸籍は入ってないんだし、事実上、夫婦じゃない。しかし、きっぱりさせて欲しいんだ。形式だけのことだろうけど、男と話し合ってくれよ。なんだったら僕も参加してもいい」

「いえ、それは私だけがするわ」

あわてて智子は否定した。

「そのほうがいい。僕だって、そんな男の顔や体つきは知らないほうが助かるよ」

六本木から村井はアパートまで智子を送って来た。

「今夜も、欲しいけれど結婚まで辛抱するよ」

もはや短日月の中《うち》に智子との結婚が具体化するものときめている村井のささやきに智子は身を縮めた。

北鎌倉の男と少しでも早く話し合って来てくれとくどいくらいにくり返して村井は帰った。

4

智子は重い荷を背負ったようであった。

逢《あ》うたびごとに村井は智子を責める。

「なかなか、北鎌倉まで行かれないのよ。朝八時から夜六時まででしょう。六時といっても食事のお世話などで、どうしても七時近くなってしまうし、それから北鎌倉へ行くと向こうへ泊らなけりゃならない時間になるのよ。泊りたくないものだから、つい……」

この説得は村井の心を偶然だが捕えた。北鎌倉の男の家へ泊りたくないのだという女心を、村井は自分への貞節と勘ぐったようであった。

「休暇はもらえないのか」

付添看護師には日曜も祭日もない。休暇は担当していた患者が退院するか、死ぬか以外にはないのだ。

「夜勤の人と一日だけ交替してもらうとか、代理を頼むとか……」

「みんな各々、都合があるのよ。なかなか思うようには頼まれてくれないの」

付添看護師が人手不足なことは村井もM病院の人間だからよく知ってはいる。
二、三週間がずるずるっと経った。
村井は逢うごとにいらいらしていたが、智子のなだめ方もその度に上手《うま》くなった。

三月末は病院の決算期である。薬局部の会計を担当している村井も多忙となった。逢う機会は減った。智子には救われた思いだった。

そのくせ、智子は自分が何故、岡島陸平と別れるのをのばしのばしにしているのか不思議だった。

村井恵吉との結婚は、智子のような境遇の、年齢の、過去のある女にとって、言ってみれば玉《たま》の輿《こし》であった。

経済的に特に恵まれているというわけではないが、職業は安定しているのだし健康で独身である。三男だから家族関係もまあ気楽であった。未婚の娘を相手にしても悪い条件は決してない。それだけの男が智子へ結婚しようと申し込んで来ているのだ。村井恵吉は嫌いな相手ではない。結婚の申し込みにとびついて嬉し泣きに泣いてもよさそうなものであった。

智子は自分という女を変な女だと思った。

よく晴れて、あたたかな日だった。

病室の中にもサンルームのように日光があふれている。

病人はベッドを起こしていた。手押車で病院内を散歩することも出来たし、食事も量は少ないが平常に復していた。長く小康が続いているのだ。

「もう暫《しばら》くしたら、家へ帰ってみようかと思うのだがね」

智子が血圧計を腕からはずした時、患者はおだやかな声で言った。

「まあ、先生からお許しが出たのですか」

退院の話は智子にとって初耳だった。著名な書家であるというこの患者は七十歳を越えていた。老齢の患者に心臓病はいわば命とりであった。完全回復ということはあり得ない。小康は幸運な日々なのである。

「医師は私が希望するならと言ってくれている。なにしろ慌しい入院のしかただったから長年住み馴《な》れた家にも満足な別れを告げてくることが出来なかった。一度は帰っておきたいと願っていたのが幸いにもかなえられそうなのです」

春の海のような微笑がひろがった。

「御退院は嬉しゅうございますけれど、お別れするのが、なんですかお名残り惜しいようですわ」

真心をこめて智子は答えた。

「あなたには本当にお世話をかけました。有難う」

老人らしい声の奥に若々しい心が響いていた。七十歳を過ぎているこの患者が常に若い、男らしさを失わず保っていることに、智子は早くから気づいていた。立派な仕事を世に遺《のこ》して来た人なのだと、経歴を知る前に思ったものだ。

「あなたはね、この部屋の勤務を終って帰る時に、いつも大変に心のこもったさよならを言ってくれる。あなたが去ったあと、あれが大層、心に残ってね。あたたかく感じるのですよ。私が老齢で、危険な病気を背負っている。それで、あなたは一日一日の別れを心をこめて言ってくれるのだろうかと……」

皮肉の一かけらもない、好意だけの言葉であった。感謝が満ちていた。死を静かに知っている人の声なのである。

「特に、というわけではありませんでしたのです。私、どなたとも別れることが淋《さび》しいのです。別れということがほんの些細《ささい》でも身にしみてつらいと感じてしまうのですわ」

今まで人にも自分にも言えなかったことを智子は話し出していた。

「ほう」

柔らかな受け方で、自然な聞き手が智子の言葉をうながしている。喋《しゃべ》ることに智子は抵抗を感じなかった。

「なぜ、こんなにも人と別れることにこだわるのでしょうかと、よく自分でも考えるのです。おろそかに人と別れてしまうと、もしその人と二度と逢えないことになったらどうしようか、その人が交通事故などで没《な》くなったとしたらなどとうろたえてしまうのです。人様から見たら馬鹿馬鹿しい限りなのですわ」

「人と……御両親とつらい別れ方をしているのではないか、あなたの話でふとそう感じたことなのです」

「母は三歳の時に信州で没《な》くなりました。子供のことでなにも憶《おぼ》えていません。ただ、暗い野原のような所を母の野辺送りの火だったのでしょうか、チラチラと美しい火が長く続いて消えて行ったような思い出があります。二度目に母となってくれたのは叔母《おば》でした。母の妹が後妻に直ったというのでしょうか。子供の時は別に不幸だったとは思いません」

智子は病人の体をベッドの上でななめにして、その背をさすりはじめた。長いこと病床にあると床ズレを起こしやすい。床ズレを作ることは付添看護師の怠慢といわれた。

「別れることがつらくてつらくてたまらないと思ったのは女学校の時ですわ。戦争中でした。仲の良い友達が疎開して行って、もういつ逢えるかわからないと思うとつらい気持でした。それと東京が空襲されるようになって、昨日元気で手をふって別れた友達が、その夜の空襲で没くなってしまって……そういうことに一度出逢うと、友達一人一人と別れる時に、もしかすると明日はもう逢えないのではないかと恐ろしくて、悲しくて。感じやすい年頃だったのに涙も出ないような追いつめられた気で」

思い出しただけで智子は涙をためた。廊下を医師の靴音が通った。三〇一号室の前は通りすぎた。

「終戦の年、私、十七歳でした。恋人というには幼なすぎた気持でしたけれど、好きだった人が学徒動員で戦死しました。その人と最後に逢った時、つまらない喧嘩《けんか》別《わか》れをしたんです。この次に逢ったらごめんねで片づくような……でも、それが別れでした」

ていねいに体の向きを逆にした。病人はされるままに体をまかせている。親身に聞いてくれているのが智子には力強かった。

「父が没くなりましたのは昭和二十七年でした。乗っていた飛行機が三原山《みはらやま》にぶつかりました。仕事で大阪へ行く途中だったんです。飛行機の事故など珍しい時でした。ミシンをふみながら出かける父に行ってらっしゃいと言い、それっきりでした」

思い出すことを思い出すままに口にしている中《うち》に、ふと、智子は自分の中に巣くっている別れの正体をみたような気がした。

「父の一周忌がすぎて義母が再婚しました。相手の人に私と同じくらいの年齢の娘があったり、いろいろと面倒なこともあって、私、自立しました。もう二十五になっていましたし……でも、決心してのことでしたのに、いよいよ義母が別れを告げて家から去ってしまったあと、一人っきりになった家の中で大声をあげて泣いたんです。こんな悲しいこと、もう二度と嫌だと思いましたわ」

語尾が笑いになった。

「わかりましたわ。私って女が別れに変な執着を持つ理由が……なぜ、もっと早く気づかなかったんでしょう」

身の上話をする相手も機会もなかったのだと、智子は自問自答した。

「あなたの年の若さで、別れということにそんな突きつめた感懐を持つのは珍しいと思っていました。話を聞いてよく解りましたよ。妻がいたら涙をこぼす。あれは芯《しん》の強い女なのだが涙もろくてね」

さりげなく話の向きを変える調子の中に、深いいたわりがあった。

「私が退院したいと思う理由の中にはね。若いあなたに笑われそうだが、この病院は完全看護で家族は面会時間しか対面を許さない。その方針をとやかく言うつもりは毛頭ないのだが、夜の面会時間がすんで老妻が帰って行く。毎日毎日のその別れがなんともわびしいんだな。私の病気は終焉《しゅうえん》はあっけないものだと私も妻も承知している。明日、逢《あ》う日まで命があるものかと、どちらもその想いを相手に気どらせまいとしながらひそかに覚悟している。つらいものだな、これは……」

「奥様と……御結婚なさって何年くらいでしょうか」

「四十年は経ったでしょう」

四十年という月日の長さを智子は想った。その果てに近づいた別れということをも。

「普通、年齢をとると共に別れという問題をより大きく、より深く考えるものだそうですわね。私、今からこんなに考えているんですから、もう少し突きつめれば悟れますかしら」

智子は病人の体を正常に直し、シーツと毛布を正した。

「悟らんほうがいいな、悟ると人生が枯野原になってしまう」

智子は笑った。

「なんだか楽しそうね」

ドアがノックされて師長が入って来た。回診の前ぶれである。智子は看護師の顔に戻った。

5

午後五時に病院へ電話があった。

「まあ、どうなさったんです、あなた」

電話をかけて来たことが、まず意外であった。

「仕事があって東京へ出て来たんだ。もう病院も終る時刻だろうと思って……」

六時半に約束した新橋のおでん屋へ行くと、岡島陸平は燗酒《かんざけ》を飲んでいた。

「いいんですか、お酒なんか……」

「体なら心配ないんだ。もうどこも悪くない。病院で保証してくれたよ。仕事もだいぶしているんだ」

挿絵の仕事をしているのだと陸平は語った。

「但し、子供の雑誌だがね。結構、金にはなる……」

健康そうであった。正月の休みにちょっと帰った時もそう思ったのだが、肌の艶《つや》もいい。

「時々は東京へも仕事の打合わせなんかで出てくるんだが、お前の体の空く時間じゃないもんでね」

「よかったわ。元気そうで……」

コップに半分ほど注いでもらった酒を智子も飲んだ。

「今、ついている患者さんはどうなんだ」

「御老人だけど、もう間もなく御退院よ」

「そりゃあ安心だな」

空腹におでんが旨《うま》かった。月に一度ほども逢えないでいても、喋《しゃべ》れば夫婦らしい会話になるのが可笑《おか》しいようで、智子は或《あ》る安心を感じていた。

「昔、よく、おでんを作ったわね」

「三日分も四日分もお前が煮て出かけた。あったためかえし、あったためかえして喰《く》って、つくづく飽きたよ」

夫婦らしく暮していた頃である。重態の患者につくと、三、四日は家へ帰れないことがある。そんな時に考えついた主婦の知恵である。間もなく通いで来てくれるお手伝いが出来て、留守の亭主の食事の苦労はしなくともすむようになった。

次に苦労になったのは北鎌倉からの通勤である。寒い季節など肉体的にも苦しい。同僚で渋谷の近くにアパート住まいをしていたのが、疲れた時は泊っていらっしゃいと親切に言ってくれた。一度、楽をしてみるとその味が忘れかねる。アパート代を半分、負担しても北鎌倉からの通勤費よりも安い。なによりも体が助かった。たまたま陸平が軽い胸部疾患に侵された。医者の注意を守って病院通いをすれば良い程度のものだったが、注意事項の中に夫婦生活があった。付添看護師をしているから、智子にもそれが病気に及ぼす重大さはよくわかった。陸平の健康のためという大義名分がたって、いよいよ智子は渋谷のアパートに腰をすえた。同僚に男が出来て横浜へ引っ越したあとも、智子はアパートの部屋を手放すのが惜しくて、今度は自分名義で借りることにした。そうなるといよいよ北鎌倉への足は遠のく。

「私、随分、長いこと、あなたの食べるもの作っていないわね」

たまに帰っても三、四時間で腰を上げる。北鎌倉の家が一年ごとによそよそしいものになって落ち着けないのだ。知人の家へ、たまさか顔出しをするようなものだ。

「季節ごとに下着を送ったりする以外に、私、奥さんらしいこと何もしてないんだわね。そういえばセーター届いたかしら」

「セーター？」

「届いてるでしょう。渋谷の洋品店から送らせたのよ」

「届いてるだろう。いや、ここの所、仕事がいそがしかったのでね」

陸平はがんもどきを箸《はし》でつまんだ。

「しまっとかないで着てちょうだいよ。せっかく買ったんだから……」

茶めしを食べながら、智子は陸平を眺めた。

「私たち夫婦って、戸籍も入ってるわけじゃないし、一緒に暮してもいないし、経済的な援助もお互いに持たないし、二人を結びつけてるもの、なんにもないのね。私が時々、下着やセーター送るのが、結びつけてるものといえば言えるかも知れないけど……」

それに対して陸平はなんとも答えなかった。

おでん屋を出たとき、智子はつい、聞いた。

「これから北鎌倉へ帰るの」

「そうだよ」

むしろ怪訝《けげん》そうに答えた陸平に、智子は顔を熱くした。陸平が今夜、智子のアパートへ泊るといったら、拒まなかったに違いない自分の心がみじめであった。

陸平がなにか言いかけた矢先、バスが目の前に止まり、智子はとび乗った。バスが動き出して智子は慌しい別れ方を少しばかり後悔したが、すぐに忘れた。

6

「昨日、北鎌倉の男に逢ったんだろう。話はきっぱりつけて来たんだろうな」

逢ったとたんに村井に言われた。智子はあっという顔をした。

「帰りぎわに岡島っていう男から電話がかかったって聞いたぞ」

気負い立っている村井を見て、智子は今更ながら病院の噂の早さに舌を巻いた。病院での一挙一動には、いつも好奇心と悪意のある目と耳が取り囲んでいると思わねばならない。

「別れ話はついたんだろうな」

「そんな話……私、しなかったわ」

するような雰囲気ではなかった。久しぶりに逢った陸平に別れ話をすることすら、智子は忘れていたようである。

「冗談じゃない。君は、いったい……」

村井の顔に血が上った。

「私、あの人とはやっぱり別れられないわ。別れるなんて、つらいし、怖いのよ」

「怖い」

「あなたとの結婚、すばらしい幸せなんだろうと思うのだけれど、なんだか夢のようで現実感がどうしても湧かないのね。あなたの御両親やお兄さんたちが私のこと、なんておっしゃるかわからないし、あなたとの生活がうまく行くかどうか不安なの」

「そんなこと、おたがいの愛情次第じゃないか」

「私、もう若くないでしょう。愛情なんかに頼れないのよ、自信もないし……」

「愛しているといったのは嘘なのか」

「あなたは、好きだけれど……三十三にもなると好きなだけでは、なかなかふみ切れないのよ」

「僕だって三十三だ」

「男と女は違うわ。過去のあるのとないのとでも……」

「過去じゃなくて現在なんだろう」

村井は興奮して智子の肩をつかんだ。

「北鎌倉の男と、もう長いこと体の関係がないなんて、やっぱり嘘だったんだな」

「嘘じゃないわ」

「嘘だ……体の関係もない、戸籍上も他人の男だったら、何故、別れられないんだ。経済的にも義理もない。そんな間柄だったら、どうして別れないんだよ」

「愛しているらしいのよ」

智子は小さく、はにかんで答えた。

「愛している……その男がか」

「私がよ。昨夜、逢《あ》ってみたら、なんとなくそう思ったの」

村井の手から力が抜けた。

「だったら、なぜ、君は僕と……」

「すみません」

智子は頭を垂れた。

「畜生ッ」

顔をゆがめ、村井は棒立ちになっていた。

海の香がしていた。夜の風がこんな所まで運んで来るのだろうか。二人の立っている地点から銀座の灯が近々と見える。

「ごめんなさいね。本当に、私、悪いことをしてしまって……」

男の背に、智子はもう一度、詫《わ》びた。

不意に村井が歩き出したので、智子は慌てた。

「村井さん、どこへ行くの」

追いすがって肩を並べた。

「お別れするのに、こんな別れ方は嫌だわ。心残りだわ。二人で旅行でもして、気持よくお別れしたいわ」

村井の足が止まった。

「君という女はそういう奴だったんだな。亭主にかくれた火遊びなんだ。見そこなったよ」

罵倒《ばとう》されて、智子はしばらくぼんやりしていた。自分の言った意味と、村井の受け取り方の差に漸《ようや》く思いついた時、涙がこぼれた。

「つらいわ。こんな別れ方……」

体のどこかが吹きちぎられたように、肩をすぼめて智子はひっそりと明るいバス通りへ歩き出した。

7

三〇一号室の患者が退院した。

派出看護師協会のほうへ一週間ばかりの休暇願いを出して、智子はアパートで一日目の休みの朝を迎えた。

寝坊をしたから洗濯をすると正午を過ぎる。鏡の前へ坐《すわ》って、かぶっていたネッカチーフを脱いだ。

美容院へ行って、それから北鎌倉へ出かけようかと思っている。

鏡のわきでバラが匂った。昨日の退院の際、それまで病室に飾ってあったのを、記念にと智子にくれた。バラと一緒に一冊の本も貰《もら》った。書家である患者が何年も以前に出版した随筆集ということであった。まだ筆を持つには無理な手で、患者は智子のためにサインをして渡した。

ガスにコーヒーポットをかけ、沸くまでの間に本を開いた。

一生の間に、私は肉親との別れを知らない。気がついた時、私は捨て子だったからである。捨てられたのは生後三か月くらいであったらしい。私はこの人生最初の別離を無意識に泣く以外の表現を持っていなかったのだ。

それだけの文字を、智子はくり返しなぞった。あの患者がそんな不幸な過去を背負っているとは、付いている間中、ついぞ気づかなかったことである。智子は、あたたかな陽の中で自分の話を聞いてくれていた老書家の豊かな表情を思い浮かべた。

ドアがノックされた。

立ち上ってノブをひねる。見知らぬ人だった。まだ若い。

「上月智子さんでしょうか」

「上月ですけれど……」

「北鎌倉から参った者です」

陸平の使いかと思った。部屋へ上ってもらった。コーヒーポットのなかみを二人分に直した。

「私、浜田由利子《はまだゆりこ》です。私の名前、陸平さんからお聞きでしょうか」

「いいえ」

否定しながら、娘の顔を思い出した。

「ああ、あなた、昨年の秋に私が北鎌倉へ帰ったとき、なにか陸平に用たしを頼まれたとかで……」

玄関で声をかけて智子が入って行くと、勝手口からかけ出して行った娘がこの女だったように思う。

「誰？　今の人……」

と陸平に問うと、近所の娘で時々、煙草などを買って来てもらったりするのだと答えた。

「絵がお好きで、よく家へいらっしゃるんでしょう」

陸平が言った説明通りを鵜呑《うの》みにして、智子は浜田由利子へ笑いかけた。見たところ画学生というタイプではないから、ただ好きという程度なのだろうと思った。

「この間、陸平さんとお逢いになりましたのでしょう」

「ええ」

由利子のいう陸平さんに、智子は不審を感じた。隣の娘がいう呼び方ではないようだ。

「あの時、陸平さんは何も話さないで帰って来てしまったんですって……」

「何もって、なにを、ですの」

「あなたと別れることについてですわ」

「別れる……」

「陸平さんは私に、上月智子とは戸籍上、結婚したこともないし、別居しているし、事実上、夫婦でもないのだから別になにも問題はないといいました。でも、私は、この際、はっきりしておいて頂かないとあとあと話がすっきりしないと嫌だし、妙なことでよりが戻ったりされたらたまらないと思ったので、ちゃんと話をつけて下さいって頼んだんです」

智子は目を大きくした。

「あなた……陸平と……」

「結婚するんです」

「いつ？」

「別に披露するような親類があるわけじゃないんですけど……でも、手続きだけはちゃんとしてもらわないと生れてくる子がかわいそうですし……私も親のない娘だからだらしがないと世間から言われたくないんです」

コーヒーポットが沸いているのに気がつくと由利子は立って行ってガスを止めた。

智子は娘の動作をぼんやり見ていた。

「あなた、赤ちゃんが生れるの」

「まだ三か月目なんです」

道理で目立たないと、智子は娘の下腹部を遠慮がちに眺めた。陸平の子がそこに宿っているのかと不思議な思いである。

「陸平さんと別れること、かまいませんのでしょう」

由利子は智子の顔色を窺《うかが》った。

「私、十二の年に両親をなくして、父のお友達の家へ厄介になって来たんです。体《てい》のいいお手伝いですけれど……陸平さんの隣の家なんです……」

「陸平と親しくなったのは、いつ頃から……」

「結婚しようって約束したのは、昨年の三月です」

智子は考え込んだ。

「陸平さんと私とが結婚すること、反対なさいませんでしょう」

反対したってどうにもならない、と智子は胸の中で呟《つぶや》いた。陸平と智子との距離の間に智子の知らない、この娘との歳月がずしんと坐り込んでしまっているのだ。

「あなたのお家《うち》の方はどうおっしゃっているんですの」

「陸平さんが、ちゃんと申し込みに来てくれました。なるたけ早い中《うち》に形ばかりでも式をあげるようにって……」

「それは……」

うっかりするとおめでとうとも言いかねない調子になっていた。もう、どうにもならないとしきりに思った。

由利子が紙包を取り出した。

「あなたが陸平さんに送って下さったセーターなんですけど、お返しします。陸平さんもそうしろといいました」

「陸平も、そう言ったんですか」

陸平と智子とを結んでいた糸は切れた、と智子は感じた。

帰るという由利子を送って、智子はアパートの下の道まで出た。

ふと、新橋での陸平との別れ方を思い出した。智子はつらい表情になった。由利子に頼んで、一度だけ陸平に逢《あ》わせてもらいたいと思う。良い別れを持つだけのために。

由利子は急ぎ足に遠ざかっていた。後姿に智子の願いを許容する気配はない。

日だまりの中にぼんやりと立ちすくんで、智子は別れるだけのために、もう一度陸平と逢う機会はないものかと思案していた。

あやつり

1

国電の中はかなり混んでいた。

客は大半がサラリーマン風の男性である。酒気を軽く帯びた顔に汗を光らせているのが多かった。

会社を終えてビアホールで一杯ひっかけて家路につくというような時刻であった。日野《ひの》孝一《こういち》のすわっている前に、スリーブレスのワンピースだというのに、大胆不敵な吊《つ》り革《かわ》のつかまり方をした娘が片手で週刊誌を読んでいる。

その週刊誌が日野孝一が嘱託になっている雑誌社のものなので、なんとなく娘に注目した孝一は黒々とした娘の腋毛《わきげ》に目を奪われた。

腋毛の始末をしていない女は恋人も亭主もない証拠だと、その娘の読んでいる週刊誌の記者たちが話していたのを思い出した。

夏がくると女達は腋の下の脱毛に苦労する。除毛クリームがあるが、高価につくし、余っ程、気長にやらないと根元の毛がぽさぽさ残ってしまうので、大抵は剃刀《かみそり》で手っとり早く片づける。それも、自分では出来ないから、利用されるのは剃刀を使い馴《な》れている男達で、腋の下を開放してかまわないとなると、どうしても亭主か恋人という推理に至るというのであった。

無意識にそこへ視線が行ってしまう立派な腋毛から、孝一は妻の腋毛を連想した。さな子も毛深い女であった。手足も始終、剃《そ》っている。二、三日前も湯殿で腋の下を剃らされた。週に一度は、

「ねえ……」

と剃刀を渡される。

結婚して十年にもなると、いっしょに風呂《ふろ》へ入って、腋毛を剃らされても、なんの感興も湧かなくなるものかと思った。

別に不和な夫婦ではない筈《はず》だが、いつの頃からか、夫婦の会話がひどくビジネスライクになってしまっていた。上の子が二、三歳になる時分からだろうか。家へ帰っても格別に話題があるわけではない。

そうだ、と気がついた。今日は帰宅したら、どうしても話さねばならないことがあった。

胸ポケットにある手紙のことを孝一は考えた。

故郷の鹿児島にいる母からの手紙であった。

今朝、出がけにポストにあったのを、そのまま持って出て、外で読んだ。

（あいつ、まだ金を送っていなかったのか）

この前、母からの手紙を受取ったのが、二月であった。

もう半年も経っている。

どうしてあゝだらしがないのかと思う。よくもまあ、あれで客から苦情が来ないものだと思う。

さな子は洋裁の内職をしていた。最初は知人からたのまれて夏物のスカートだのブラウスだのを縫っていたのが、いつの間にか洋裁学校の夏期講習などを受けて、裁断も玄人並みになったし、器用な性質でデザインなども自分でする。近頃は通いの縫い子を二人やとっているし、布地屋にもわたりをつけて、どんどん布地も仕入れていた。

客に仕立てだけではなく布地も売るとマージンが大きいものらしい。

おまけに、さな子の収入は、店を出しているわけではないから、無税であった。

「絶対に近所の人を相手に商売をしないのよ。近所の人は怖いわ。商売の内情を知られて税務署に密告されたりしたら、馬鹿馬鹿しいもの……」

近所へは、親類の洋裁店の手伝いをしていると話してあるらしい。

客は全部、今までの得意客の紹介であった。

仮縫はその客の自宅へこっちから出むいて行く。布地も持参するし、出来上がりも届ける。

中流家庭の三十すぎの主婦が対象であった。持って行く布地は舶来品である。布地問屋からじかに仕入れて、デパートや一般の布地店よりもいくらか安く売るのが好評らしい。それでも儲《もう》けは大きかった。税金の心配もなく、人件費も店舗の償却費も要らない。

とにかく、それだけの商売をしていて、いい加減であったら客がついてくる筈はないがと考え直しながら、孝一は郊外の駅に下りた。

この駅の乗降客は多い。

戦前までは畑と山林ばかりだったのが、今では都民のベッドタウンとして団地も出来たし、建売住宅もあっという間に広がった。

孝一の家は建売住宅の一軒であった。

三年程前に、孝一が女優とのインタビューの記事を週刊誌に連載していたのをまとめて出版した印税を基金にして、残りは銀行から借りて買った家である。

無理して入手した家だったが、住み心地はよくなかった。

粗製濫造の見本みたいな家である。

柱は細く、壁はすきまだらけで雨戸を閉め切っても星空がみえる。押入れが極端に少なく、台所は二人入ったら動けなくなった。

「只今《ただいま》……」

玄関をあけると、すぐの居間で二人の子がテレビをみている。

「お母さんは……?」

「お仕事だよ」

十歳の英夫《ひでお》が八歳の妹と食べたらしい親子丼《おやこどんぶり》が食卓にあった。もう一つ、孝一のぶんが冷えている。

「九時には帰るって……」

それでは、子供二人を風呂へ入れて寝かしてやらなければならない。あわてて風呂桶《おけ》に水を入れ、ガスに火をつけた。

奥の部屋に夫婦と子供四人分の夜具を敷き、その間に湯加減をして、下の子から次々に風呂へ入れた。

寝巻に着がえさせて布団へ入れると八時半をすぎた。親子丼を食べる気がしなくなってビールを抜いた。これは冷蔵庫で、よく冷えている。

さな子が帰って来たのは十時であった。

「遅いじゃないか……」

とがりかけた声へ、

「子供達、寝ました……?」

どっこいしょと大きなスーツケースを運び込んだ。布地や仮縫の服などを入れて持ち歩いている。

「寝たさ。俺が寝かしたんだ。俺が早く帰って来たからいいようなものだ。もし、おそくなったら、どうするつもりだったんだ……」

「あら、今日は早く帰れるっておっしゃったじゃないの」

「俺のような仕事は不定期で、どう変るかわかったものじゃない」

実際、突然に人気歌手が婚約したらしいとか、女優の離婚が確定的らしいなどの情報が入ると時間にかかわりなく尾行、追跡、そしてインタビューを申し込んで記事にする。

孝一の働いている娯楽週刊誌では、スクープといえば、芸能人の結婚、離婚、スキャンダル、もしくはプライバシーをあばくことぐらいが関の山であった。

「帰らなきゃ帰らないで、勝手に寝るわよ。もう小学生なんだから……」

「ぶっそうじゃないか。子供二人で……」

「鍵《かぎ》をかけときなさいっていってありますよ。八時になったら……」

散らかりっぱなしのテーブルをみて、嘆息した。

「あなた、テーブル、片づけといて下さればいいのに……」

「冗談いうな。子供二人を風呂へ入れて寝かしたんだ……それだけで飯食う気もなくなったよ」

「たまにじゃありませんか。あたしなんか毎日ですよ」

「俺は働いてるんだ」

「あたしも働いてますよ」

がたぴしとテーブルを片づけながら、ねそべってテレビをみている孝一の腰のあたりを、ごめんなさい、といってまたいで行く。

「あなたって駄目ね。そんなじゃとても流行作家になんかなれやしませんよ。K先生なんか、おつとめしてて、家へ帰って来てから夜っぴて小説を書き、翌日はちゃんと定刻に出勤して、一日もおつとめを怠らなかったそうじゃありませんか？　それで、あんな流行作家になったんですよ。家へ帰って来て、くたびれた、テレビをみてるなんてことじゃ、とても、とても……」

孝一は文学志望だった。

大学も文学部だったし、卒業しても故郷へ帰らず、同人雑誌に籍をおいたが、生活に追われて、いくつも作品を書かないうちに同人雑誌がつぶれてしまった。

それでも東京にしがみついて、転々と職を変えた。友人の紹介で今の雑誌社の嘱託になってルポライターまがいの仕事に落ち着く頃には、さな子と結婚して長男が生れていた。気がついた時には、小説を書く勇気も自信もなくなっていた。

「お前……鹿児島へ金送ってないんだろう」

立って行って上着のポケットから手紙を出した。

「お袋から手紙が来たぞ」

「なんのお金……？」

「忘れたのか。墓を建てたいって言って来てたじゃないか」

「ああ、あれね。忘れたわけじゃないけど、なかなか、お金が出来ないのよ」

「金、毎月、渡してるぞ」

「生活費にまるっきり余裕がないのよ。物価はあがるし、子供達にかかるし、この家の借金も月々返してるし、月賦には追われるし……月末にもうどうしようかと思うくらいよ。先月は英夫が中耳炎をやったでしょう」

「そんなにぎりぎりなのか」

「家計簿、おみせしましょうか」

「いや……しかし、二人で働いているのになあ」

「二人で働いてたって、ぎりぎりよ。あたしのほうだって、お縫い子によくしてやらないと、すぐやめてしまうんですもの。たまらないわ」

「俺、長男だからな。弟のところからも、もう、ちゃんと金が届いているのに、兄貴の俺が、まだというのは、みっともないよ」

「お墓なんか、どうして急にたてるんでしょうねえ」

「親たちが心配になったんだろう。なにしろ、二人とも七十近いんだ……」

「でも、まだ、お元気なんだから……」

「元気なうちにたてておきたいのさ。どっちみち、俺達もその墓へ入るんだ……」

「鹿児島のお墓ですか」

「死んだあとまで東京にいることはあるまい」

「でも……英夫や広子《ひろこ》がめったにお墓まいりも出来ませんわよ。鹿児島じゃ、ちょいとお盆だからってわけにも行きませんよ」

「そりゃあそうだが……」

「せめて、東京の近くにお墓を買ったら……五、六万も出すなら、いいのが買えますってよ」

「親たちは鹿児島にしたいんだ。菩提寺《ぼだいじ》もむこうなんだし……」

さな子は黙ってお茶を飲んだ。

「とにかく、お金の余裕が出来たら送りますよ」

「そうしてくれ。俺も今月は編集長に頼んで仕事を多くとってもらうから……」

「あなたのこづかいを少し減らして下さるといいんですけどね」

「冗談じゃないよ、今だってぴいぴいしてるんだ。つきあいも仕事のうちだといってあるだろう」

女優にインタビューをするためには、大抵喫茶店を使う。そこでの勘定は孝一の支出だった。

「そういうの、雑誌社に請求出来ないんですか」

「正規の社員じゃないからな。一匹狼のつらさだよ」

「つまらないわね。安い原稿料で……」

夫婦の会話は終った。

さな子はスーツケースから仮縫の終った服を取り出して型紙を直しはじめた。新聞を読んでいる孝一をちらとみて言った。

「あなた、子供達の鉛筆けずっといてやって下さいな」

2

子供を学校へ送り出し、やがて孝一が出勤して行くと、さな子はミシンをふみはじめた。

通いのお縫い子が仕事をとりにくるのは十時であった。お縫い子ばかりにまかせておいては間に合わない。

十時をすぎるとミシンはお縫い子にまかせて、また、スーツケースを下げて家を出た。

新宿へ出て、のりかえて原宿で下車した。このあたりは豪華なマンションが軒を並べている。

その一つへ、さな子がのみ込まれた。エレベーターで五階まで上る。

本庄《ほんじょう》くみ子の部屋は廊下の突き当りであった。さな子の高校時代の友人であり、洋裁の客を最初に紹介してくれたのも彼女であった。

インターホンを押すと独特のかすれたような声が返って来た。

「どなた……」

「さな子……」

「ああ……」

ドアをあけた。

「今日、仮縫だっけ……」

「都合悪い？」

「いいや、仕事、午後からなのよ」

くみ子はフリーのアナウンサーであった。美人で頭が切れるし、そのくせ適度の庶民性があるから、なかなか人気がある。

部屋の中は女一人の住まいらしく華やかで片づいていた。ベッドルームとダイニングキッチンとリビングルームと、せまいようでも一人住まいには充分であった。洋服箪笥《ようふくだんす》も作りつけだし、戸棚や収納所が殆《ほとん》どはめこみになっていて、部屋を広々と使える。

一軒建てのさな子の家よりも、はるかに合理的で住みよさそうであった。

くみ子はガウンを脱いで、仮縫のためにコルセットやブラジャーをつけはじめた。

「いいわね。今まで寝ていたの」

「昨夜、おそかったのよ」

「独《ひと》りって気がらくね。寝ようと起きようと自分の好きに出来るんだから……」

「ミセスの贅沢《ぜいたく》な悩みよ」

「腹が立つわ。疲れて帰って来ても食事は食べっぱなし……仕事の途中だって、夕食の心配しなきゃならないし、子供には気を使うし……仕事を持っている主婦なんて被害者ですよ」

「ご主人、いい方じゃないの。うまくあんたに操縦されてるし……」

「わずらわしくて頭がおかしくなるわ。なんで、あんなよけいな人間が家の中にいるんだろうと思ったりするわ」

「ご主人、くしゃみしてるわよ」

少々、オーバーな表現ではあったが、さな子にとって或《あ》る程度、本心であった。時々、義務的な夫婦生活を持つということと、生活費を運んでくるという以外に夫とのつながりがなくなっている。

「なんだかんだって、実家へお金を送りたがるのよ」

「鹿児島の御両親、お元気なの」

「ええ、ぴんぴんしてるわ。お墓をつくるんだから三万円ほど送ってくれなんて、虫のいいこと言ってくるわ」

「長男だから仕方ないわよ」

「長男だけが親を扶養する義務はなくなったのに、なにかというと、長男なんだから、たまには親にこづかいを送ってやらなきゃならんとか……盆暮になにか届けろとか……」

「どうせ、送ってやらないいんでしょう」

「お金の余裕のある時がないのよ」

「その気にならなきゃ、余裕なんて出来ないわよ」

「子供が二人もいるんですもの。かかる盛りなのよ」

「あなたの実家には、結構、よくしてるじゃないの。お母さんに服を作ってあげたり……」

「私の働いたお金ですもの。それに、近いから、子供をあずけたり、PTAに代理で行ってもらったり、世話になってるわ。鹿児島には別になにもしてもらってないんですもの」

「そりゃまあ、そうね。ギブアンドテイクか」

三面鏡の中にカナリヤ色のインドシルクのスーツが次第に型をととのえて行く。

「早いわね。もう、秋の仕事なんだから……」

「夏の終りは早いわ。いつまでも夏服着てるの、気がきかなくてね」

「今月中には出来上がるわ。これとプリントのシルクも……」

「助かるわ。ブラウン管のお客って、自分が金を出すのでもないのに、着るものにうるさいのよ。こっちはそれが商売道具みたいなものだけど……」

「お洒落《しゃれ》をするのが商売のうちなんて、羨《うらや》ましいわ」

「やってごらんなさいよ。らくじゃないから……」

仮縫の終った服を脱いだ。冷蔵庫からコーラを出してくる。

「お宅の御主人、芸能人に怖れられてるわね」

「どうして……」

「スキャンダル創作の名人だって……」

「あら、火のない所に煙は立たないっていってたわ」

「ボヤを大火事にするんじゃない。あたしもこないだ、危うく、むかしの亭主のこと、あばかれそうになったのよ。週刊Mで……」

本庄くみ子には同棲《どうせい》までしていた男があったことは公然の秘密であった。同職のアナウンサーであったが、くみ子が民放にひき抜かれ、人気が出たとたんに別れた。籍は入っていなかったから、くみ子は未婚である。

「あなたのことは、絶対に書かせないわよ」

「コメントをとるのがうまいんですってね。話しているうちに、つい、ふらふらと誘導尋問にひっかかっちゃうそうよ」

「ルポライターより刑事になったほうがよかったかも、ね」

一休みして二枚めの仮縫であった。

「とても似合うわ。さっきのカナリヤイエローも若々しくってよかったけど、これはまた、シックでよくうつるわ。あなたって洋服の着こなしのいい人ね」

長い友人でも、この種のお世辞には弱い。

「ねえ。こんな感じのスーツ、もう一枚、作っとこうかしら、ウールのやわらかいので……」

「今度、布地屋をみてくるわ」

さな子の客がふえる理由であった。

喫茶店のすみで、孝一は若いタレントと向かい合っていた。

最近、売り出して来た女性歌手で自称二十一歳だが、孝一が調べた戸籍では二十八歳になっている。

そんなことはおくびにも出さず、もっぱらデビューの感想とか、趣味嗜好《しこう》なぞの当りさわりのないことを長々ときいた。

歌手は頭をかしげながら、考え考え答えている。考えなくとも、答えはレコード会社から充分に教え込まれている筈《はず》だった。

「好きな色はブルーと白……なんとなくさわやかで清潔感があるから……」

「花はカトレア……あたしのデビューの歌にもあるでしょう。香水はあまり使わないの。寝るときはパジャマ、ネグリジェはきらい……」

孝一は右の耳できいて左の耳へ通過させていた。そんなことは、今度の記事になんの関係もない。メモだけは、さも真剣そうにペンを走らせている。

「そういえば、このあいだ、テレビで子守歌を歌いましたね」

「ええ、あれはお客さんのリクエストで……」

「とってもよかった。哀感があって……いつものあなたとは、また、違った魅力があってね。ああいう方面にも、また進出してみたら……これからの歌手はポピュラーだけというよりバラエティがあったほうがなにかと便利じゃないのかな」

「そうですね。機会があったら勉強したいと思います……」

「子守歌ってのは人間の心をゆさぶるね。俺も子供があるせいか、とても感動した……」

「お子さん、おいくつですの」

しめた、と孝一は思った。

「五つなんだ。女の子……」

嘘である。この場合の回答は五歳の女の子でなければならなかった。一瞬、女性歌手の顔色が翳《かげ》った。第一の手ごたえである。

「あなた、故郷は佐賀でしたね……」

「ええ……」

「佐賀のどこです……」

「唐津《からつ》です」

「市ですか」

「ええ……」

「学校は……M高校でしたね」

「はい……」

「卒業はいつですか」

「ええと……一昨年ですわ」

「そうですか。実は佐賀に従妹《いとこ》がいるんですよ。やっぱりM高校でね……」

不安そうに相手が孝一を見、視線がぶつかるとあわてて避けた。

「あなたと同じ学年だったというんですよ。そいつは、もう二十八にもなっていて、結婚して、子供も三人あるんですがね」

女性歌手の唇がふるえ出した。

「なんとおっしゃる方なんですか」

「清水春江《しみずはるえ》です」

唐津まで出かけてM高校の卒業生名簿の中から探し出した名前である。

「三木《みき》さん……」

孝一はやさしい声で相手を呼んだ。

「あなた、一度、結婚したんですね。娘さんが一人いる。今年五歳だ……結婚二年目で別れて……入籍しなかったから、あなたの戸籍は汚れていない……」

女性歌手、三木ユキ子は声を失っていた。売り出したばかりだから、こういうことには全く、抵抗力がない。

「いいんですよ。僕はあなたを責めてるわけじゃない。会社側が勝手にいったんでしょう。宣伝のために年齢をかくせ。結婚のことも伏せろって……あなたに罪があるわけじゃないんですよ」

喋《しゃべ》っている孝一のほうが照れくさくなるような論理だが、三木ユキ子は救われた表情になった。

「おねがい……そのことだけは書かないで下さい」

孝一は微笑した。相手に信頼感を抱かせるような微笑であった。

「お子さん、お名前、なんておっしゃるんです……」

「紀子《のりこ》です。糸ヘンの……」

「紀元節《きげんせつ》の紀ですね」

といっても、三木ユキ子に通じなかった。

紀元節の文字に記憶があるのは、孝一の年齢以上の日本人ということだろうか。

「別れてから、ずっと逢《あ》ってないんですか」

「ええ……」

「五つじゃ、かわいい盛りですね」

うつむいたが、子供のことはそれほど心に深くないようであった。むしろ、過去が発覚したことにショックを受けている。

孝一はさりげなく話題を歌へ戻した。そのことには、もう触れないという姿勢であった。

三木ユキ子は少しずつ活気をとり戻した。

「まあ、せいぜいがんばって下さい。老人から子供にまで愛される歌手になってもらいたいんですよ」


別れぎわの台詞《せりふ》はそれだった。女性歌手は嬉《うれ》しそうにお辞儀をして、小走りにテレビ局のほうへ去って行った。途中でふりむき、もう一度、お辞儀をした。都合の悪いことは書かないでくれというつもりのようにみえた。

孝一は手をふってやった。

バスの停留所のほうへ歩き出しながら、このトップ記事の見出しを考えた。

別れた愛児を想って、涙で歌う子守歌——

——純情歌手の思いがけない過去
デスクがつけそうな題であった。

これから記事を書けば、今週発売になんとか間に合う。孝一は時計をみ、バスをやめてタクシーに手をあげた。

3

夏の終りになった。

さな子は、得意客の一人である湯本幸子《ゆもとさちこ》の家へ秋の布地をみせに行った。

銀行の支店長夫人であるこのお客は夫が浮気する度に洋服を三着ずつ作る。

「ねえ、カトレアが涙を知っていたって歌があったでしょう……春頃から流行《はや》って

て、うちのお手伝いなんか、朝から晩まで歌ってたけど……」

布地がきまって、さな子がデザインをあれこれ、外国のファッション誌から選《よ》り

出していると、幸子が話し出した。カトレアのプリントのあるシルクの布地をみて

いて連想したらしい。

その歌を口ずさんだ。

「あの歌でデビューした女の歌手、自殺したのね……」

さな子は知らなかった。歌手などにあまり関心もないし、秋の支度で商売は猛烈

に忙しかった。

「失恋自殺だって……ほら、落葉のラブレターの……」

幸子は人気のある男性歌手の名を言った。

「あの人に熱あげて、結局、捨てられたらしいわ。無理もないわね。二十八にもなっていて、結婚の前科があって子供までいるんじゃ、とても相手にされっこないわよ。二十一だなんて嘘ついていたのね」

さな子も笑った。

「二十一と二十八ですか。凄《すご》いサバのよみ方ですわね」

その暴露記事を夫が書いたとは思っていない。

「芸能人なんていい加減なものね……若くて実力もないのに、マスコミがちやほやするからいけないのよ。一人売り出すのに、レコード会社だのプロダクションだのは、ずいぶん莫大《ばくだい》なお金をばらまくのね」

幸子の知識は、どうやら三流週刊誌で得たものらしい。この家のテーブルには、よく孝一の働いている雑誌社の本がのっている。勿論《もちろん》、幸子はさな子の夫が二流のルポライターであるとは知らない。

「近頃のスターなんて、みんな会社とマスコミにあやつられる人形なんですってね。座談会に出たって、喋ることはあらかじめ教えられてくるし、意地悪な司会者がリハーサルしなかった話を持ち出したりすると、体をくねくねさせて、むやみに笑ったり、トンチンカンな返事をするんですもの……全くあきれかえったものね」

そこへいくと、むかしの俳優はちゃんと勉強していたし、常識も教養もあったというのが幸子の持論であった。

デザインをえらんでいるうちに、幸子の夫が帰って来た。十以上も年齢の違う夫婦で、夫のほうはぼつぼつ停年だそうだ。もっとも、一流銀行の敏腕家だから、停年後の勤め先もちゃんときまっているという景気のよさだ。

早朝からゴルフに行っていたとかで、派手なシャツで顔を出した。

「こりゃあ、洋服屋さんか……失礼」

大きな笑い声をたてて奥へ行った。

「やっぱり、体力がなくなってるのね。こんな時間に帰ってくるのだから……」

時計をみて、幸子が呟《つぶや》いた。

「男の年とったのって、みじめね」

さな子は笑った。

「そんな……まだ、そんなお年じゃございませんのに……」

「肉体年齢は七十か八十ね」

「とんでもない……」

始終、三着ずつの洋服の註文《ちゅうもん》を受けているのだ。

「それがね……インチキなのよ」

幸子が声をひそめた。

「インチキ……？」

「あの人、ここんとこ一か月おきくらいに、おい、三着作れよっていうのよ。にやにや笑ってね……」

一か月おきに新しい浮気をされている妻の表情ではなかった。まるっきりさばさばしている。

「それがインチキなのよ」

含み笑った。

「あたしね、こないだまでの浮気の相手からきいたのよ。うちの人……もう、いけないのよ。遊べなくなってるの」

「？」

「自業自得よ。浮気のしすぎよ。当人はあわてて注射をしたり、薬を飲んだり、いいってことはみんな試みてるらしいわ」

「でも……それじゃ、何故、三着……」

「男の見栄よ。自分がそうなったってこと、妻に知られたくないのね。外でまだま だ浮気してるぞ、と思わせたいのかしら……」

「まさか……」

「そうなのよ。無力になって、妻に侮られまいと必死なの。あたしを欺《だま》している気なのよ。こっちも欺されてるほうが得だから、欺された顔をして、指輪を買ってもらったり、洋服を作ったりしているだけ……可笑《おか》しいでしょう」

四十すぎて、まだ充分にあでやかな支店長夫人はやけっ八のような笑い声をたてた。

帰り道、さな子は銀行へ寄った。

幸子から夏中の仕立代や布地代をまとめてもらってきたのを、そっくり自分名義の通帳へ預金した。通帳はそのまま、銀行へあずけておく。うっかり自宅へ持ち帰って夫に発見されるような馬鹿な真似はしない。

洋裁で稼いだ金の全部を、さな子は貯金していた。孝一には、さも生活費に入れているように話しているが、そっちのほうは孝一の持ってくる金でなんとかやりくりしていた。

家計簿に書いてある数字なぞ、嘘の皮である。

百円のひき肉を二百円に記し、買わなかった野菜の名前をずらずら書き並べておけば一日ですぐに五百円くらいのごまかしはきく。

お中元にしても、夫の親類や両親へは二千円の石鹼《せっけん》のつめ合わせを送ったといって、その実、五百円か八百円ですませてしまった。

月末に家計簿の帳尻《ちょうじり》をみれば、毎月、何万かの金をさな子が生活費に足しているように出来ている。

別に罪悪感はなかった。

自分が働いた金を自分が貯えているだけである。夫には妻と子を養う義務があると信じている。

自分の貯金の中からは、時々、実家の母や妹にこづかいをやったり、品物を送ったりしている。結婚以来、夫の孝一が、

「お前の親に、なにか送ってやったら……」

とも、

「たまには、こづかいを……」

とも言ってくれたことがなかった。男で気がつかないのかも知れないし、気づいていて、わざと知らん顔をしているのかも知れなかった。さな子はどっちにしても、もう夫をあてにしていない。

銀行を出てから、今度は夫の収入の金で、子供たちにアイスクリームを買った。

4

日野孝一は憂鬱《ゆううつ》であった。

三木ユキ子の自殺事件が彼をうちのめした。同僚は、

「ありゃあ、失恋自殺だよ」

と言い、そんな弱い神経ではこういう稼業はつとまらないと笑っている。

しかし、孝一の神経はそれほど太くない。きたえられて来てはいても、文学を志望したくらいだから、根底には強靭《きょうじん》なものと繊細なものとが同居している。

どっちかというと心のやさしいほうである。

子供の時、みみず一匹殺せないで、それでも薩摩隼人《さつまはやと》かと叱られた記憶がある。

銀座の雑踏を歩きまわって、日比谷《ひびや》公園へ出た。懐中に五万円ばかり入っていた。

なんの意味なのかわからなかった。さっき、編集長に呼ばれて渡されたものであった。

「ここのところ、いいものを書いてもらったので……」

特別手当のようであった。

この夏、孝一が記事にした特ダネで週刊誌が売れたのは、三木ユキ子のかくし子をすっぱ抜いたことぐらいである。

その結果が今度の自殺だった。流石《さすが》に今度は孝一に書く勇気がなく、同僚にかわってもらった。

ひょっとすると、ユキ子が自分を怨《うら》むような遺書を残しているのではないかと心配していたが、同僚の話ではそういうものはなかったということであった。

公園へ入った。

若い男女が明るい午後を楽しんでいる。屈托《くったく》のない笑い声があっちこっちから聞こえていた。

あいているベンチへすわり込んだ。三木ユキ子を殺したのは俺だとあらためて思った。

喫茶店を出て、テレビ局のほうへ歩き出しながら、ふりむいてお辞儀をしたユキ子の姿が浮かんだ。まだ、芸能人ずれがしていなくて、おどおどしているようなのが、よかった。

ぼんやり視線を浮かせていると、その視界に女が入った。孝一は気づかなかったが、さっきから孝一をみていたらしい。

視線が合ったとたんに、つかつかと歩み寄って来た。白いブラウスにデニムのくたびれたスカート、化粧っ気のない顔。

「おわかりになりませんか。私、倉石《くらいし》かおりです」

あっと孝一は思った。

数年前まで、テレビで最高の人気を集めていたタレントである。

清純で、庶民的な美貌《びぼう》が売りものだった。

いつの間にかブラウン管から姿を消して、結婚したとか、商売をやっているとか、情報はいろいろ入ったが、どれも具体的なものでなかった。

「その節は、いろいろとお世話になりまして」

皮肉っぽい口調でいわれて、孝一は気がついた。

「あの時はすまなかった。ちょうど記事にするものがなくってね……」

編集長の命令で、その頃、売り出しのタレントを五人集めて結婚相手の本命は誰かというような企画で記事を書いた。他の四人は公認の恋人やパトロンがあって、それらをうまくぼかして書いたが、倉石かおりに関してはまるで候補者がみつからなかった。もともと中流の家庭に育って、スキャンダルのないタレントであった。

仕方がないので、高校時代の同級生名簿から、彼女が学生時代、少し親しかったというクラスメートの小川《おがわ》という男をひっぱり出して、同級生という名目で二人いっしょの写真を撮り、あとは記事を、さも二人が初恋の間柄であったようにでっち上げて書いた。

この程度のことは、始終やっているので、孝一としても平気だったし、倉石かおりにそれほど迷惑になるとも思わなかった。タレントの有名税くらいの気持であった。

「どうして、急にやめたの」

倉石かおりのその後という記事になると考えた。結婚か、病気か、それとも……

「あなたの記事のせいよ」

「ええっ……」

馬鹿など笑った。三木ユキ子のとは違って、あんなことで、倉石かおりの人気がどう変るものでもない。

「あの頃、あたし、結婚する人がいたんです。いい家の息子さんで……」

へえ、と目をみはった。

「知らなかったなあ。そんな人があったの」

「あの記事のおかげで……気まずくなったんです……嘘だってこと説明しました。わかってもらえたと思ったんですけど……それまで賛成だった、むこうの家族の方も冷たくなってしまって……、結局、ダメになりました……」

怨みがましい口ぶりではなかった。むしろ、淡々としている。

「小川が……あの時、あたしの初恋の人にさせられた人ですわ。とても心配して、何度か、むこうの家へ釈明に言ってくれましたけど……やっぱり……」

「知らなかった……そりゃあ、すまないことをした……」

「自殺したいくらい、悩みましたわ。怨みもしました。なんの罪もない人間を記事がないからってペテンにかけて……でも、もう怨んでいませんわ」

声が可笑《おか》しそうであった。

「私、小川と結婚しましたの……」

孝一は仰天した。

「東京じゃない土地で、貧乏ですけど幸せに暮してます。プロダクションだのマスコミだのにあやつられているタレントより、よっぽど幸せです」

今日は久しぶりに夫婦で上京して来たのだという。夫が仕事をすませる間、公園を散歩していて、孝一をみかけたと言った。

時計をみて、かおりは去った。その姿を誰も倉石かおりと気がつくものがいない。彼女の人気も、やっぱり作られた虚像だったのかと思った。

平凡で、才能もない娘が、ちょっと器量がよいくらいで、あっという間にスターに仕立てられて行く芸能界の魔性とカラクリを知っているだけに、孝一は、ひどくむなしい気がした。自分の仕事が毒になっても薬にならないということは、自分の存在意義のないことであった。またしても三木ユキ子のことが浮かんだ。

食うためだと思った。俺にも生活がある。しかし、生活のためなら人殺しをしてもよいのかという声にぶつかって、孝一は目の前が暗くなった。

帰宅する前にバアに二軒ほど寄った。

家の玄関を入ったのは、十時であった。

「あなた……」

を叩《たた》きつけた。出迎えもしなかったさな子がリビングキッチンのテーブルの上に、一冊の週刊誌

「あたし、もう、この土地にいられませんよ。子供達だって……実家に顔むけも出来やしません……」

「なんだ……」

妻のヒステリーにあきれた。週刊誌をとりあげた。やはり娯楽専門の週刊誌である。

三木ユキ子の日記を公開、とタイトルが出ている。とりあげて、ページをあけた。

読み出したとたん、顔色が変った。

×月×日

ルポライターの日野さんという人に逢《あ》った。別れた夫と同じ年くらいの、同じような感じの人。つい、初対面のようではなく話す。でも、世の中は広いようで、せまいものだった。高校のクラスメートが、日野さんの親類だとは……。年齢のことも、子供のこともわかってしまった。書かないといってくれたけど……怖い。

×月×日

週刊誌に記事が出てしまった。会社の人から、冷たく叱られた。どうして否定しなかったのか、と。宣伝費がパアになったともいわれる。ただ、涙が出る。二十八

にもなっていて、かくし子のいる私は売りものにはならないそうだ。これで、なにもかもおしまい。

夫と別れたのは、不和になったからじゃないのに。うちの父が商売に失敗して、借金を作ったから、それを、あたしの嫁ぎ先へ請求しに来た人があったから……あたし達は別れた。借金のことがなくなったら、また、夫婦に戻ろうと約束した。その時はちゃんと籍を入れてくれるという。博多《はかた》のキャバレーで歌っていたのをスカウトされて、思いがけない幸運がとび込んで来たと思ったけど、もうダメ……もう、すべてがおしまい。田舎へ帰ろう。帰って、また、キャバレーで歌おう。

日記の内容はそれだけではなかった。彼女をスカウトして来てデビューさせたレコード会社の社員との肉体関係から、その会社の重役との情事、人気歌手との浮気など、書かれている材料は複雑で豊富だった。しかも、終りになるに従って、完全にノイローゼの状態がはっきりしてきて、書いていることも、ひどくつじつまが合わなくなり、自分勝手になったりしている。

日記のあとに、槍玉《やりだま》に上った人々の談話が出ているが、どれも口をそろえて、日記を否定していた。

もともと作り話のうまい女で、会社へ売り込んで来たときも、年齢も過去もでたらめで、会社側がむしろ、欺《だま》されたと憤慨している。

「いったい、どうするのよ。こんなものに発表されちまって……」

さな子が激しい声で責めた。

「あたし、今日、近所の人にいわれたわ。お宅のご主人、暴露屋さんですってね、って……どうしてくれるの。恥ずかしくて外にも出られないわ。あんまりだわ……」

妻の声に、夫へのいたわりはなかった。

被害者は自分だけのような悲鳴をあげ、怒り狂っている。

「あなたって、ひどい人なのね、こんなことを書いたなんて……実家の母が泣いて電話をして来たわ。妹だって、明日から会社へ行けないって……」

「なにも、俺の義妹だといわなくたっていいだろう……」

「わかるんですよ。そういうことは……」

いいようにさな子は怒った。

頭を垂れて、孝一はきくだけであった。弁解する気持も起こらない。

翌日、妻は子供を連れて、実家へ行った。

孝一に妻をなだめる言葉も、その気もない。

午後に雑誌社から電話があった。当分の間、嘱託であることを解消したいという。

「真実は真実だし、書いたことはどうとも言えないが、やはり、道徳的にね……うちの雑誌が暴露記事専門と思われるのも困る……」

そうじゃないんですか、といってやりたかった。もともと、編集長の命令で取材し記事にしたものであった。孝一が道徳的に責任をとらされるのなら、雑誌社も責任をとるべきではないのか。

孝一は肩の力を抜いた。自分はその雑誌社の社員ではなかった。孝一程度のルポライターなら、いくらでも代りがいる。ぼつぼつ孝一の原稿が飽きられかけて来ている時期でもあった。

二日ばかり、孝一は自宅で寝たり起きたりしていた。

三日目に手紙が来た。銀行からであり、宛名はさな子であった。

開いてみると、定期預金が満期になったとの知らせであった。額面が多かった。

そんな貯金のことを一度も妻からきいたことがなかった。家計簿をみた。貯金の部は子供の郵便貯金だけになっている。

思いついて、銀行へ電話をした。さな子の名をいい、通帳をあずけているのだが、とかまをかけると、あっさり、おあずかりしています、という。

「すみませんが……ちょっと必要があるので、金額がいくらになってるか調べて下さいませんか。女房が貯金額をおぼえてないそうなので……」

銀行員は、金額を言った。孝一がびっくりするような額であった。

妻のへそくりにしては莫大《ばくだい》すぎた。

よくも貯めたものだと思った。夫に内緒でそれだけの金がありながら、故郷へ墓の費用を送ることを拒んでいた妻の気持がわからなかった。

返事は、いつも、

「今月、なんとかお金が残せたら……」

であった。やりくりに苦しくて余分な金がないというのは全くの嘘であった。

夫婦共通の目的があって金を貯めているのではなかった。山内一豊《やまのうちかずとよ》の妻のような姿勢でへそくりを貯めてかくしているというのでもなさそうである。

夫のために貯めている金なら、鹿児島へ送るのを出し惜しみする筈《はず》もなかった。

墓の費用を出せないために、夫が長男として両親にも、弟妹にも肩身のせまい思いをしているのを妻が知らないわけはなかった。

夫婦の中でも、金は他人という言葉が胸に浮かんだ。

さな子は俺を鵜飼《うか》いの鵜のように、猿まわしの猿のように、あやつって生活をし、金を貯めていたのだろうかと思った。

なんということかと自嘲《じちょう》した。仕事の上でも、家庭でも、あやつられっぱなしということになる。

どっちにしても、妻が自分をまるで信じていないことは、わかった。

内緒の貯金にしても、今度の記事にしても、彼女は夫の側に立たず、世間の側に立って腹をたてている。

自分のことしか考えない女なのだ、と思った。孝一自身、妻の立場に立って考えてやったことが一度もないのを忘れて、孝一は痛憤した。

といって、妻と別れる決心もつかない。二人の子供に愛情はあった。さな子以外の女と結婚しても、同じようなものかも知れないと考えたりする。

夕刊がほうり込まれた。

習慣で立って行って、ひろげてみた。

おやと思った。週刊誌の広告であった。

自殺した三木ユキ子の夫は結婚している、と大きなタイトルが出ていた。

まさか、と思う。

考えた末、机のひきだしから手帳を出した。

この前、三木ユキ子の過去を調査した時のメモの中に、別れた夫の住所も電話番号も出ている。

電話を申し込んだ。

かなりたってから、ベルが鳴った。交換手とかわった声は女だった。

「もしもし、木村《きむら》さんですか。木村正夫《まさお》さんはいらっしゃいますか……」

木村正夫が、三木ユキ子の別れた夫の名であった。

「主人は、只今《ただいま》、出かけて居りますが……」

土地なまりの若い声であった。

「主人……?」

どきりとした。

「あなた……木村正夫さんの奥さんですか」

「はい……家内でございますが……」

とっさに友人の口調を模した。

「いやあ、木村君、いつ、結婚したんです。知らなかったな」

さも、木村正夫の友人らしくみせかけた台詞《せりふ》であった。

若い女は小さく笑ったようである。

「あの、今年の三月ですの……」

どなたさまでしょうか、とききかえすのを、そのまま電話を切った。

三木ユキ子の夫は、すでに三月に結婚している。三月といえば、三木ユキ子の歌が毎日テレビかラジオで流れていた時期であった。

三木ユキ子は、かつての夫の再婚を知らなかったのかと思った。知ったとしたら、それは、いつだったのだろうか。

もある。

孝一の眼が新聞の広告をみた。

マスコミは事実のあとを上すべりしながらころげて行く。マスコミが人間をあやつって行き、現実が逆にマスコミをあやつって行くようである。

こうなってみると三木ユキ子の自殺の原因も、なにが本当なのかわからない。孝一の原稿の故《せい》か、失恋の故か、それともかつての夫の再婚のためか、それらすべてが、ユキ子に生甲斐《いきがい》を失わせたものか。

ずっと以前、文化財に指定されている糸繰りの老人にインタビューしたときの声が思い出された。

「あやつりとは怖いものです。人間が人形をあやつっている筈なのに……いつの間にか、人形が人をあやつっているようになる……それがまあ、本物のあやつりということじゃございませんかね」

新聞の活字が夕ぐれの中で、ぼけて来ていた。

お人好し

1

播田《ばんだ》公二《こうじ》のアパートを出たのは十一時近かった。

サラリーマン住宅の多いこの付近は、もはやひっそりと夜が更けている。

タクシーの拾いやすい表通りまで、公二は送って来た。

和代《かずよ》がタクシーへ乗ると、手をふって見送る。二人が愛情を確かめ合った夜は、きまってこんな別れ方をする習慣が、もう半年も前から出来ていた。

最初の中《うち》は、両親の待つ家へさりげない顔で帰って行くやましさや、自己嫌悪などに苦しめられたものだが、近頃の和代はなにも考えないで、タクシーに揺られている。

気持の解決がついたわけではなく、むしろ、考えたって仕様がないと不貞腐《ふてくさ》れている。

門の前でタクシーを降りた。

四年前に、父の停年退職で得た金で新築した家であった。新しいし、近代的な建築ではあったが、細かな部分に金を惜しんでいるから、なんとなく重々しさがなく安手な感じがする。ちょっと見にはいいが、長く住んで、いよいよ磨きがかかるという家ではなかった。

リビングキッチンにあかりがついている。

珍しいことだと和代は思った。

そろって体の弱い両親は十時には就寝する。

玄関のドアを開けると、父と母が顔を並べた。和代は目を伏せた。

「なんだ、お前か……」

「高志《たかし》がまだ帰って来ないんだよ」

和代はハイヒールを脱ぎ、下駄《げた》箱へ入れた。

「そうだろうと思ったわ。お父さんたちが起きてるから……」

「だってお前、ここの所、少し遅すぎるよ。以前は遅くったって八時には帰って来たもんだのに……」

母は浴衣《ゆかた》の衿《えり》をかき合わせ、神経質な眉《まゆ》をよせた。

「私に言ったって仕様がないでしょう。高志だってお勤めに出て二年にもなるんだから、ぼつぼつおつき合いもあるだろうし……」

「若い男が十二時、一時まで帰って来ないなんて……危なかないかしらねえ」

「どう危ないのよ、母さん……」

皮肉っぽく、つい、和代は言った。

「あたしだって、薹《とう》はたってるけど若い女よ。私が十二時、一時に帰って来ても母さん達、心配して起きてたなんてこと一度もないじゃないの」

「そりゃあお前は仕事が仕事だもの……」

冗談よ、と和代は母の弁解へ手をふって、そそくさと階段を上った。よけいなことを言ったものだと後悔した。

公二のアパートへ立ち寄って遅くなる度に、両親が起きて待っていられたのでは、気がとがめてたまらない。

乱暴にワンピースのチャックをはずした。ほんの二十分ばかり前に、公二がはめてくれたチャックである。

スリップの上に湯上がりのガウンをひっかけて、和代は浴室へ行った。

リビングキッチンの前を通ると、父と母が板敷の絨毯《じゅうたん》の上に座布団を敷いてテレビの深夜放送をみている。

汗にぬれた下着類をすっかり洗濯して、和代が風呂《ふろ》から上がった時、玄関のあく音がした。

父と母が、こもごもなにかいう声がして、

「放っといてくれ」

高志の酔った声がどたどたと二階へ去ったらしい。

タオル地のガウンを着て和代が浴室から出てくると、母が水さしとコップののったお盆を持って突っ立っている。

「あんた、悪いけど、これ持ってってやってよ。あたしだと高志が気を使うから……」

和代は黙って受取った。

二階は六畳ふた間になっていて階段から遠いほうが高志の部屋だった。

入口の襖《ふすま》が開けっぱなしになっている。

部屋の真中に布団が敷いてある。高志はそのすそのほうへ横倒しになっていた。

身体のやり場がないように、うごめいてはなにか切れ切れにつぶやいている。

「畜生……なんだってんだ……」

意味のない罵倒《ばとう》にすすり泣きがはじまっていた。流石《さすが》に和代は驚いた。こんなに取り乱した弟をみるのは、はじめてのことである。

今までにも酔って帰宅したことは何度もあるが、これほど正体なしになっているのも珍しい。

男がこれだけ泥酔したら、服を着替えさせることも、布団へ寝かすことも、女手一つでは不可能に近いことを、和代は公二の体験で知っていた。

夏のことだから、着のみ着のまま寝てしまっても風邪をひくこともあるまい。

和代は水さしとコップを、部屋のすみの机へのせた。あかあかとついている電気をスタンドに変えたとたん、高志の手がたたみをかきむしるような動作をした。

「……さき……さきさん……」

高志の唇から、出た単語にははっきりと女名前のニュアンスがあった。

2

翌朝、和代が出勤する時、高志は宿酔《ふつかよ》いとはっきりわかる蒼《あお》い顔で、むっつりと歯をみがいていた。

阿佐ヶ谷《あさがや》の駅から国電で東京駅へ出、のりかえて有楽町《ゆうらくちょう》で下りる。そこから歩いて十分足らずの、銀座《ぎんざ》の中心に九鬼《くき》真珠店《しんじゅてん》はあった。

表通りに向かったショーウィンドウのわきの、人一人がやっと通れるほどの路地をくぐってビルの裏口から和代は店へ入った。

出勤簿に印をおし、更衣室で制服に着替える。冷房がきいている店内へ出ると高貴な雰囲気にひんやりと取り巻かれる。

売り場の女店員が、金庫から出したばかりの貴金属を大切そうにケースへ並べていた。

大半は店の看板通り真珠だが、ダイアモンドやエメラルド、ルビイ、サファイヤ、ヒスイなども扱っている。

「陳列が済んだら、主任さんの訓辞があるから、二階のロビイへ集まるように……」

橋本という古顔の店員が若い女店員の多い売場をふれて歩いた。

週に一度か二度、訓辞という形で主任の大岡《おおおか》の演説がある。大抵は店員の商売熱心を喚起する性質のものだった。

普通、若い女店員というのは演説とか説教とかいう類《たぐい》のものは、無条件で敬遠したがるもので、それを好んで行いたがる人間もついでに毛嫌いされるのが普通だったが、大岡主任の場合は例外だった。

理由は彼の演説が割合にあっさりしているのと、気さくな人柄の故《せい》らしかった。

「諸君の中に夏まけにやられている人はいないかな。もし、いるようなら、早速、梅酒を飲み給え。なにもコマーシャルする気はないがね。夜、ねる前に梅酒を盃《さかずき》に一杯のむ。これが一番だ。もし、希望者は明日、四合瓶でも一升瓶でも持って来給え。我が家の特製を無料で進呈する。遠慮は無用だ。拙宅には今のところ四斗樽《しとだる》につめるほどの梅酒の貯留がある。年々歳々作りためたもので古いものこそ旨《うま》い。今年は無料サービスをするから、もし効力があったと思う者は、来年から自分で無精がらずに作り給え。処方はその時に教授する」

大岡は、そこで見事に禿《は》げ上がった頭部を掌《てのひら》でくるりと撫《な》でた。

「さて、オリンピックも近づいて、当店としては真珠の需要の秋が近づいて居る。お客様に対してはていねいにはっきりと応対すること。笑顔はふくれっ面よりは結構だが、笑いたくもないのに無理にサービスする必要はない。当店の売り物は媚《こび》ではなく真珠である。箸《はし》がころがっても笑いたい年頃の諸君であるから、とかく思わぬ時に笑いを誘われる事もあるだろうが、お客様の側からすると店員同士がにやにや笑っているのは大変、無礼に見えるし、時によってはお気持を害する場合もある。諸君もデリケートな神経を持つ女性の一員なれば、この点の微妙さはおわかりだろう。では、今日も一日、なるべく快適に働いて下さい」

店員たちは一せいに頭を下げ、各々の持場へ散った。

和代は同僚の佐々木品子《ささきしなこ》と共に、店の一隅にあるガラス張りのコーナーへ入った。ここは真珠を売る場所ではなく、真珠をつなぐ場所であった。

鳥羽《とば》の工場で、粒を揃え、穴をあけ、仮糸に通されてこの銀座の店に首かざりとして並べられている品物が、売れるとこのコーナーで改めて新しい糸につなぎ替えられ、止め金をつけて客の手に渡る。

それと、真珠をつなぐ糸は丈夫な絹だが、それでも肌にじかに触れるものだけに汗や埃《ほこり》を吸って次第に弱くなる。本当に真珠を大切にする人なら、大抵、一年に一度は糸替えを頼みに来る。それが普通、夏の終りに依頼が集中するのと九月の声をきくと、もうクリスマスのための輸出用の準備がはじまるし、会社関係の贈答用にかなりな量が動くので、和代たちの仕事もいそがしさを加えた。

「樋口《ひぐち》君、すまないが、ちょっと加茂《かも》様まで行ってくれないか」

正午の休みまでにロープ二本とマチネーを三本仕上げた和代が食事に店の奥の店員休憩室へ戻ってくると、大岡が追いかけるように言って来た。

「加茂様……お仮縫いですか」

「ああ、近頃お痩《や》せになったので二連のが重なってしまって具合が悪いそうだ……外国へお出《い》でになる御予定があるとかで……なるべく早くにとおっしゃって来ている。あちらは、いつも君がうかがっているのだろう……」

和代は加茂百世《ももよ》の堂々とした体軀《たいく》を瞼《まぶた》に浮かべた。

「あの……御自宅のほうでしょうか」

「Tホテルにお出でのようだ。そっちへ来て欲しいといわれたよ。君、直接、お電話申し上げて、御都合をうかがってくれ」

大岡が出て行ったあと、和代は弁当を開いた。佐々木品子がお茶を注いでくれる。

「大変ね。出張仮縫じゃ……」

「でも、加茂様は割合、気をはらないですむから……」

和代は左手で首筋を軽く揉《も》んだ。

「肩、凝った?」

「ちょっとね。ロープがノットだったもんで……疲れたわ」

ロープというのは真珠をつなぐ糸の長さによる呼称だった。

普通に、素人は真珠の首飾りをネックレスと総称しているが、和代たちの間では、ネックレスとは十七インチの長さの首飾りをいうのであって、十四インチの首飾りはチョーカー、二十一インチがマチネー。二十八インチがオペラ、四十二インチがロープという区別になっていた。

これは、すべて一重(一連)の寸法で、その他に二重の首飾りが二連、三重になると三連という呼び方をしている。ノットというのはつなぎ方が真珠の一粒ごとに糸に結び玉を作るもので、すらすら通すプレーンというやり方からみると三、四倍も時間がかかる。

和代がTホテルへ電話をすると、加茂百世は明日の午前中に来てくれという。

十一時頃に約束をきめて、和代は午後の仕事場へ戻った。

午後四時に電話があった。

「女の人からよ」

と女事務員に受話器を渡されて、和代は加茂百世だろうと思った。彼女は約束を

変更するのが得意である。一度、時間をきめてから三度や五度、

「都合が悪くなったから……」

と変えてくる。変更はするが、必ず電話で知らせて来て決してすっぽかしたり、時間に遅れたりしないのも、彼女の性癖のようであった。

「もしもし……」

受話器から聞こえてくる声が若かった。百世は五十歳をすぎている。独特な太い声であった。今のはまるで違う。

「あの、九鬼真珠店の樋口でございますが……」

Tホテルの交換手かと考えながら、和代は言った。

「樋口……和代さんでいらっしゃいますか……」

「はあ、左様でございますが……」

「私、三田村佐紀《みたむらさき》と申します。どうしてもお話ししたいことがありますのでお目にかかりたいのですが……」

相手はてきぱきと、今日の夕方六時に銀座の喫茶店を指定して来た。

「三田村さん……？」

その苗字《みょうじ》になんの心当りも浮かばない。思い切って用件を尋ねたが、

「それは、電話では申しかねます」

と、そっけない。

「三田村佐紀さんでいらっしゃいますね」

三田村佐紀、みたむらさき、と口の中で呟《つぶや》いて、和代はあっと思った。昨夜、泥酔して戻った弟の高志の唇から洩《も》れた言葉が、

「さき……さん……」

ではなかったか。三田村佐紀——和代は無意識に握りしめた受話器へ承諾の言葉を伝えていた。

3

その喫茶店は、新橋《しんばし》に近い果物屋の二階にあった。

熱帯植物が壁を伝っていて、みどりの葉が涼しげだった。女客好みに椅子もテーブルも可愛らしい。水玉の模様のあるコップに水を入れたのを銀盆に乗せて、スコットランドの少女のようなドレスのウエイトレスが客の間を熱帯魚のように泳いでいる。

和代は店内を見廻《まわ》した。壁ぎわのテーブルにいたオレンジ色のスーツをきた若い女性が高く手をあげて和代へ合図した。それが三田村佐紀であった。

色は浅黒いが、日本人ばなれのした体つきである。背もすらりと高く、乳房の美しさを誇示するように、大きく胸をあけた服がよく似合っている。肉感的なタイプだが、決して不潔さを感じさせない。

むんむんした若さが和代を圧倒するようであった。

「どうして、私がおわかりですの」

席へついて、和代は言った。

「お写真をみせてもらったことがありますの。御家族の皆さんの……」

「その写真、弟があなたにお見せしましたのね」

和代の勘は当ったらしい。佐紀は明るい笑い声をたてた。

「あら、御存じでしたの、私のこと……」

手をあげてウエイトレスを呼ぶと、

「なにを召し上ります？」

和代はアイスコーヒーを注文した。

「高志さんったら、お家の方には何も話していないって言って……お姉さまにいつお話ししたんですの」

初対面の女から馴々《なれなれ》しくお姉さまと呼ばれて、和代は不快だった。

「別に、高志からはなにも聞いて居りませんわ……ただ……」

「ただ……なんですの」

佐紀はしつっこく追求してくる。

「弟が、酔って、あなたのお名前を口に出したことがあるだけですわ」

「それ、昨夜じゃございませんこと？」

佐紀はねばりつくような目で和代をみつめた。

「私、昨日、高志さんと喧嘩《けんか》しましたの。もう、逢《あ》わないって、無論、本気じゃありませんけど」

「失礼ですけれど、あなた、高志とどういう御関係なんですの」

和代も陣容をたてなおした。

「高志さんが結婚するって言ったんです」

佐紀は視線を伏せなかった。

「おつき合いをはじめて、もう五年近いんです……高志さんも私も学生でした……私、父がＫ大の講師をして居りますの」

高志もＫ大学の経済学部を卒業して、今の会社へ就職したのだ。佐紀は父親の職業ということで、高志とのつき合いのきっかけを説明したつもりらしかった。

「あの……」

佐紀はレモンのジュースを飲み干すと、上目づかいにちらと和代をみた。

「九鬼真珠店におつとめなんですってね。もう何年ぐらいに……？」

「昭和二十六年からですから、かれこれ十三、四年でしょうか……」

「じゃ、もうお月給なんか随分おとりになるんでしょう……どうして、御結婚なさらないんですの」

和代は相手をみた。佐紀は重ねてつけ加えた。

「おきめになっていらっしゃる方なんか、おありじゃないんですか」

年下の女が、ぼつぼつ三十歳になろうという同性へ言える台辞《せりふ》ではなかった。和代は問いを無視した。それ以外に、相手の無礼に答える方法がないのが腹立たしかった。

「私、お姉さまに早く結婚して頂きたいんですの……」

ぬけぬけと佐紀はいう。

「あなた方の結婚に、私が邪魔だからっておっしゃるんですか……もし、そうでしたら、どうぞ、おかまいなく……」

「でも、高志さんが……」

「今どき、姉が結婚してないからって、自分の結婚をためらうような殊勝な弟なんか、いるもんですか。あなた、それ、口実にされてるのと違います？　本当に高志があなたを愛してるんだったら、あたしのことなんか理由になる筈《はず》がありませんのよ」

意地悪く、和代は佐紀へ笑った。蒼《あお》ざめた相手へ止《とど》めを刺すようにつけ加えた。

「あなた、昨夜、弟と喧嘩したっておっしゃったわね。あなたが結婚をせまったら、弟が私を理由にしてあいまいな態度を取り続けた、それで、あなた、腹を立てて、もう逢わないって言っておしまいになったんでしょう。よく、週刊誌なんかの身の上相談にありますわね。女を扱うのに上手な男が、うまく女と別れる時に使う手が……弟はあれで、なかなかずるいところがあるようですわ」

勘定書の上に、和代は自分の飲んだコーヒー代をのせて立ち上がった。

「お話、それだけでしたら、あたし、いそぎますから……」

店を出ると空気がむっとする。

九月もなかばなのに、真夏がぶり返したような天気が続いている。それでも銀座の装いは、すっかり秋仕度で、歩いている女性も木綿の長袖《ながそで》のワンピースや七分袖《しちぶ》のツウピース姿が目立つ。盛夏にあれほど銀座を風靡《ふうび》したノウスリーブは、けろりと影をひそめてしまった。

男性も上着をつけているのが多い。男女の二人連ればかりが和代の目についた。銀座の日暮れ時は、男ばかり、女ばかりで歩いているのは珍しくなる。恋人たちが大手をふって、これ見よがしに闊歩《かっぽ》しだすのだ。

靴屋の前で、若い女性が秋のハイヒールの品定めをしていた。連れの男に、時々、甘えたそぶりで意見をきいている。

ふと、三田村佐紀の質問が和代の胸に響いた。

どなたか、おきまりの方がいらっしゃいませんの——。

和代の瞼《まぶた》に播田公二が浮かび、和代は唇をぎゅっと結んだ。いつになったら、銀座の通りを恋人と腕を組んで、ショーウィンドウをのぞいて歩くような日が来るのだろうか。その時の自分のわきに立つ男は、果たして播田公二なのだろうか。

不機嫌なままで、和代は帰宅した。

珍しく弟の靴が玄関にある。リビングキッチンで高志が新聞を読んでいた。母がそばで梨をむいてやっている。

「おい、もう、いいようだよ、すぐ入るか」

風呂場《ふろば》から父が出て来た。息子のために湯加減をしてやっていたらしい。

「早く入ったほうがいいぞ。さっぱりする」

高志は梨をかじりながら風呂場へ歩いて行った。

「おや、お帰り……」

母がはじめて気がついたような目を和代へむけた。

和代は黙って冷蔵庫をあけ、麦湯を一息に飲み、一人分だけ残してあるお菜の皿をテーブルに運んだ。飯を自分でよそった。

「あら、味噌汁《みそしる》があるんだよ」

ガス台の上に味噌汁の鍋《なべ》がのっている。

「まだ、あったかいよ」

「夕食なのに……作ったの」

「ああ、今朝、高志がなんにも食べずに出かけたろう……お父さんが宿酔《ふつかよい》には味噌汁が一番きくからっておっしゃるんでね……」

さめかかった味噌汁を椀《わん》に取り、和代は、もう何も言わずに食事をすませた。

子供の時から、なにかにつけて高志は長男だからと差別待遇に馴《な》らされて来た。今更、神経をとがらせてみてもはじまらないのだ。

（いったい、ここの家の生活を誰が背負っていると思っているのだろう……）

現在、月給の約半分を和代は家へ入れている。それと、高志が入れる一万円とが、ここの家の生活費だった。それで足りない分は、父親の名義で少しばかりある株の配当があてられている。

和代の食事がすんだ時、高志がバスタオルを腰に巻いて出て来た。

「高志、ちょっと二階へ来てくれない」

両親の手前、さりげなく言って和代はさっさと階段を上った。

4

翌朝、和代は自分を産み、二十九年間育ててくれた両親の顔を他人をみるような目でみて、家を出た。

国電の窓ガラスに映った和代の顔は、寝不足で皮膚の荒れがはっきりとわかる。そんな自分の顔を正視し得ず、和代は吊《つ》り革《かわ》につかまったまま目を閉じた。

昨夜の高志との話し合いの結果は、和代を完全な孤独におとし込んだ。

「なんだ。あいつ、姉さんにそんな事を言ってったんか」

出窓のへりに腰をかけ、上半身は裸のままで、高志は三田村佐紀のことをそんなふうに言った。

「K大の三田村先生の娘なんだよ。女子大を出て広告会社に勤めてるんだ。妹が二人いるし、それが殆《ほとん》ど年子なんだもんで、あいつ結婚をあせってるんだ」

「結婚する約束なんでしょう。酔っぱらって畳をかきむしって名前を呼ぶほど惚《ほ》れてるのね」

「まあね」

「はっきりしてちょうだい。あんた、私が結婚してないからって理由で引き延ばしてるそうじゃないの。冗談じゃないわ。見ず知らずの女からまだ結婚しないのか、恋人はいないのかなんて穿鑿《せんさく》されるの、真っ平だわ。結婚したけりゃ、さっさとしたらいい」

和代はハンドバッグから煙草を取り出して火をつけた。

「そう興奮すんなよ。姉さんに言われるまでもなく、俺たちもいろいろ考えたんだ。俺の月給とあいつのと合わせて、それでアパートを借りて暮すとなると相当きつい。当分は子供を作らないつもりだが、佐紀も二十五歳になってるんだから、ぼつぼつ出産計画にかからないと、高年出産で母体が危険だとおどかすんだ」

高志は汗の流れている胸のあたりをタオルでごしごしこすった。

「じゃ、いっそこの家に住めばいいじゃないの、家賃はただよ、あたしが邪魔なら、いつでもアパートを借りて出て行ってあげるわ」

「姉さんは生活力があるからな……佐紀の奴は、どっちみち勤めてて朝出かければ夜しか帰って来ないんだから食事の仕度やなんかもお袋がいてくれたほうが助かるっていうんだ。あいつ、そういうところは合理的でちゃっかりしてやがる。ただ親父とお袋を扶養しなけりゃならないのが重荷だがね」

不遠慮に姉の部屋を見廻《まわ》した。

「姉さんがもしこの部屋をあけてくれれば、むこうを居間にして、こっちを寝室に使えば一応、下とはプライバシーが保てるんだが、なんだか姉さんを追い出すみたいで……気の毒だもんな」

言葉尻《ことばじり》に正直な高志の気持がのぞいていて、和代は救われた。

「いいわよ。あたしだって別居すれば、自分の月給だけでなんとかやれるし、その代り、ここの家の生活費はあんた責任とってよ」

「そいつがよわいんだ。姉さん、当分だけでも月一万円助けてくんないか」

「冗談でしょう。私だってアパート借りれば自分の生活で手一杯よ。なにしろもう年齢《とし》ですからね。少しは貯金もしておきたいし……お金のない独り者の将来ほど、みじめなものはありませんからね」

階下の風呂場で水音がしている。父か母が風呂に入っているらしい。

「だけど、お父さんやお母さんは、なんて言うかしら。私が家を出て、あんたがお嫁さんをもらうと言ったら……」

ちらとだが、和代は楽しい表情になった。狼狽《ろうばい》する両親の顔が想像出来た。父が停年になってからは、和代の経済力に安心して寄りかかって来た両親である。和代が別居するといったら、どんなに心細がるか。

今までに何度かあった和代の縁談がまとまらなかったのは、和代が乗り気でないのも理由だが、それ以上に母が乗り気でなかった故《せい》だ。結婚によって和代が、この家を出て行くのを、母はひどく恐れる様子だった。

「その話、さっきしたんだよ」

和代はどきりとした。

「親父とお袋の意見もこの際、尊重してやろうと思ってさ。俺たちと暮すのがいいか、それとも姉さんといっしょがいいか……」

「なんて言ったの……母さん……」

「それがね……」

高志は照れたような笑いを浮かべた。

「二人とも……俺と暮すっていいやがるのさ。どっちみち、姉さんは嫁にやる人だからって……男は損だな」

和代は顔がこわばった。無理に笑った。笑いがひきつった。

気がすまなくて、和代は風呂場で髪をとかしている母のところまで行って訊《き》いた。

「母さん……高志が結婚するっていうけど……母さんたち、高志と暮すんだって……？」

鏡の中の母の顔がうろたえた。

「高志は、あたしにこの家を出てアパートへ入ってくれっていうのよ。母さんたちの面倒は高志がみてくれるんですって、それでいいの、母さん……」

「お父さんが……そうしたほうがいいっておっしゃるのよ。高志は長男なんだし……どこの家でも普通はそうするものだから……」

「わかったわ。母さん……今まであんなに大事にして来たんだものね。高志の世話になるのが当り前よ。私も気が楽だわ。高志の結婚はなるべく早くにしてやってちょうだい。私も大急ぎで部屋探しをするわ」

さばさばと言ってのけて、和代は自分の部屋へ戻ると布団をかぶって泣いた。

生みの父と母から、こんなにもあっさりと邪魔物扱いにされたことが、口惜《くや》しくて情なくて、和代は夜明けまで泣きじゃくっていた。


頭も顔も重ったるい感じで、和代はTホテルのフロントへ立った。

加茂百世との約束は、昨日、電話で朝の九時に変更して来ていた。フロントから部屋へ電話をしてもらうと、直接、部屋まで来るようにとの返事だった。

エレベーターで六階まで上り、ドアのナンバーをみながら、和代は六一二号室をノックした。

「お入り」

聞き馴《な》れた野太い声が応じる。ドアを開けてしまって、和代は当惑した。加茂百世はガウンをきてベッドにすわり込んでいる。若い男が洋服箪笥《ようふくだんす》から上着を出して着る所であった。部屋はまだカーテンがひかれ、ベッドも夜のままだった。

「かまわないのよ、さあ、おかけ」

百世はガウンの前をあけたまま、のっそりとベッドから下りた。若い男へ顎《あご》をしゃくった。

「あんた、小づかいくらいなら、持ってっていいよ」

男は黙々とテーブルの上のハンドバッグをあけ、一万円札を二枚とり出して、そのまま部屋を出て行った。

「大人しくしてりゃいいのに……つまらないことに手を出すから……」

百世は別の手箱から三連のネックレスを取り出して来た。

「これなのよ。どうも首にぴったりしなくなっちゃった。痩《や》せたのかね」

和代はネックレスを百世の首へかけてみて危うく吹き出すところであった。

「どうしたのよ。樋口さん……」

「いえ……お肥《ふと》りになったんですわ。少しですけど……」

「あら、そう」

と百世は動じなかった。二連、三連のネックレスはそれをつける人の首の太さによって外側になるほど真珠を増して行く。真珠が一粒多くても少なくても、首の横のあたりがねじれたようになって、きれいに三連が並ばなくなってしまうのだ。

従って高価な真珠の二連、三連を求める客は大抵、求める際に自分の首に合せて真珠の数をそろえる。これを、和代たちは「仮縫い」と呼んでいた。

上流階級の夫人達や、映画女優など始終テレビに出たりする人の場合、うっかりつけている真珠の連が重なり合ってしまっていたりして、その品が九鬼真珠店で納めたものだったりすると、和代たちはどきりとさせられる。週刊誌のグラビヤを開いても和代たちが真っ先に気にするのは、セレブと呼ばれる人々の首飾りであった。部屋のすみで、和代がネックレスを直している間に、百世は化粧をし、着がえた。

「本当に近頃の若い者は駄目だね、分相応ってことがわからない。遊ばせて食べさせてやってるんだから、満足してりゃいいものを、すぐ、事業みたいなことをやりたがってね」

百世は自分が可愛がっている男が、そうした欲望を持つと五百万までは黙って金を出してやるのだと言った。

「それ以上は絶対に金は出さない。私たちみたいに若い間に苦労して金をためた女が晩年に失敗するのは、若い男に惚《ほ》れ込んで、情にほだされ、いいなり放題になっちまうからなのよ。あたしはそんな馬鹿はしない。惚れてもけじめだけはちゃんとつける。そうすりゃ、いくら若い男に惚れたって、みじめになることなんかありゃあしないよ」

塗りかけの赤い唇で、百世は楽しそうに笑った。

父親が事業に失敗して没落したためにクラブのホステスになり、パトロンをみつけて同棲《どうせい》したが、女房に感づかれ、その頃での百万円で手を切った。その金を株へ投資し、更にパトロンを次々に持ち、バアやキャバレーやナイトクラブを転々として稼ぎまくった。ちょうど株の上昇期で面白いように金が貯まり、現在は銀座と赤坂と六本木《ろっぽんぎ》にレストランとナイトクラブを持っている。彼女の手許《てもと》には外国人の顧客の名刺がダンボール箱に一杯もあり、日本へ来ると大抵、友人からミセス・カモの名をきき、店へ訪ねて来るらしい。女が欲しければ女を、東京案内が必要ならガイドを、彼女は実にまめに客の欲求を満たしてやり、それが又、評判になっている、とにかく凄《すご》い女なのだと、和代は最初に加茂百世の仮縫いを担当した時、大岡主任から聞かされていた。

「考えてみると私の一生なんて、人にしてやることばっかりね。若いあんたなんぞからみたら、私みたいな婆さんが、息子みたいな男に無駄金つかわせてるの、ずいぶん可笑《おか》しいと思うかも知れないけど……」

仕事が一段落すると、百世はダイニング・ルームへ和代を食事に誘って、そんなことを言った。

「これが、私の生甲斐《いきがい》なのよ。若い時は親のためにしてやり、婆さんになると若い男にしてやる……人にしてやれるってことは幸せよ。してもらうよりは、してやったほうがいい。それが私の人生訓だわ。男なら皆、それが普通でしょう。女だからって損したみたいに思うほうが間違ってるわよ」

百世は昼食からビフテキを注文して、楽しそうに笑った。

小半日を百世と過ごしたせいか、Tホテルを出た時、和代は心が軽くなっているのに気がついた。

電信柱に「貸間有」などと書いて貼ってあるのが目につく。昨夜の母との会話を胸に浮かべ、和代はあれでよかったのだと思おうとした。いつまでも両親に縛られ、生活の重荷を背負っていたから、引っ込み思案な、消極的な生き方しか出来なかったのだ。

播田公二との関係にしても、奔放に生きようとすれば、どんな解決の道もある。人目を避けて、こそこそと恋をする必要もないのだ。

ふと、和代は、家を出てからの自分の自由に出来る金額を考えた。月給の中から毎月家へ入れるぶんが浮くようになれば、公二との生活にも事欠かない。

今まで、肉体関係にまで入りながら和代が公二に結婚を要求しなかった理由は、彼が三歳年下だということから来る女の劣等感や、世間へ対する一種のきまり悪さにもあったが、そんなこと以上に公二の生活力のなさが起因していた。

美術学校を出たきりの定職のない画描《えか》きで、生活費は両親から仕送られている。学生生活の延長のような男と結婚にふみ切るには和代の常識が邪魔をした。

播田公二と知り合ったのは九鬼真珠店が横須賀《よこすか》基地のPXへ品物を納めていた時分のことである。

カロニヤ号だとかクングスホルム号などの豪華な外国船が港へ入ると、九鬼真珠店やその他、日本の特製品、絹とか塗り物とか扇とか、さまざまの日本商品を外国側と契約のある商店が持ち込んで来てプロムナードデッキへ並べる。

その頃の九鬼真珠店では真珠が売れると、その場で糸替えをし、止め金をつけて渡すというやり方をしていたので、和代たちのような熟練者を常に二、三人は連れて行っていた。

播田公二はKという有名な絹織物の会社のアルバイトで、横須賀の港へ来ていた。残業で遅くなった時にいっしょになったのがきっかけで、ウエディングケーキのような感じのスエーデンの観光船を眺めながら話し合うことが多くなった。

和代が学生の時、美術が好きで、一度は画描きになりたいと夢みたこともあったのが、画学生の公二と親しくなる早さを増した。

二人がつき合い出して二年目くらいに和代に縁談があり、それを知った公二が奥日光《にっこう》へ自殺行に奔《はし》り、あとを追って行った和代は湯本《ゆもと》の湯の湖という湖のほとりの小さな宿で公二と最初の結びつきを持った。

銀座へ出るみゆき通りの途中で、和代は無意識に足を止めた。男物の洋品店の前であった。若い男がネクタイの品定めをしている。

和代は、公二に逢《あ》いたい、と思った。家を出ることを彼に話したら、どんな顔をするだろう。

「あんたのアパートへ行こうかな」

と言ったときの公二の表情を想像してみる。今までだって、デイトの食事代、映画代などは殆《ほとん》ど和代が払っているのだし、ボーナスが出ると、シャツや靴まで買って与えている。

同じことなら、いっそ結婚して、あの人が画のほうで食べられるようになるまで私が働けばよいと和代は考えた。芸術家は不安だが、そのかわり将来に夢がある。

和代は赤電話に近づいた。

アパートの小母《おば》さんの返事は意外だった。

「播田さん、昨日、故郷へ帰りましたよ。ええ、別に何日って言っていませんがね。牛乳を十日ばかり断わっといてくれって言ったから、まあ、そのくらいは行ってるんでしょう」

公二の故郷が山梨《やまなし》県の河口湖《かわぐちこ》のそばで、実家はかなり地所持ちだった。最近、あの辺の土地が値上がりして金まわりがよくなり、ガソリンスタンドと食堂を経営しているという話を、和代は公二から何度か聞いている。

九鬼真珠店へ戻り、真珠の糸を通しながら、和代は公二に逢いたいという欲望をどうにも抑え切れなくなっていた。

5

翌日から土曜にかけて和代は二日間の休暇をとった。年に二十日の有給休暇を、今年は三月に公二とスキーに行った三日間しか休んでいなかった。

母へは友人と富士五湖めぐりに行くといって、和代は新宿を正午すぎに発車する河口湖へ直通の電車に乗った。

夏のシーズンも終ったのか、車内は比較的すいている。

公二との長いつき合いの間にずいぶんと旅行もしたが、中央線の沿線には一度も行っていない。一度、上諏訪《かみすわ》へ行こうと和代が提案したとき、公二があれこれと口実を設けて伊豆《いず》の北川《ほっかわ》温泉に変更してしまったことを、和代は思い出した。

河口湖には午後三時近くに到着した。

駅前の土産物屋でラーメンを食べ、電話帳を借りて調べると、播田というガソリンスタンドはすぐみつかった。

公二は居た。

和代は笑いながら駅前の土産物屋にいると言った。

「誰か、友達と来たのか」

「いいえ、私一人よ」

すぐ行くからと、公二は慌しく電話を切った。

白いポロシャツにジーパンをはいた公二は日焼けしていて、東京で見るよりも遥《はる》かに健康的な顔をしている。

「君、河口湖、はじめて？」

タクシーに乗るとき、そう訊《き》いた公二は和代がうなずくと、

「天上山《てんじょうさん》へやってくれ」

と運転手へいった。タクシーの中では二人とも無言だった。土地者の運転手の耳を警戒しているのだと、和代は可笑《おか》しくなった。

（もう、そんな必要ないのよ）と公二の背中をどやしつけてやりたい。

タクシーを降りたところが天上山への空中ケーブルの乗り場だった。

「昔はね、この山をカチカチ山とも言ったんだよ。展望台まで上ると河口湖がとて

もよく見渡せるんだ」

公二はケーブルの乗車券を二枚買って、和代の小さなボストンバッグを持った。

ケーブルは三分足らずだが、空中にぶら下がって行くのだからスリルのないこともない。

下りた場所は円型の建物で一階は土産物売場、その上が食堂で周囲が展望台になっていた。ここも閑散としている。

富士山には雲がかかっていたが、河口湖はよく見えた。湖の中央にある鵜《う》ノ島《しま》から富士山へ向かって直線を引いたのが、河口湖畔と交差するあたりに一軒、みどり色の洋館がある。

「ホテルだよ。河口湖の旅館は大抵、こっちの船津《ふなつ》のほうに集まっているんだけど、あのホテルだけは勝山《かつやま》ってとこに一軒、ぽつんと建ってるんだ」

「古いの」

「ああ、僕が子供の時分に、もうあったんだから……」

「今夜、あそこへ泊ろうかしら」

和代は微笑んで公二をみつめた。

「あたし、重大な相談があるのよ」

「僕、ホテルへは行けないよ。ここは地元で他人の目や口がうるさいんだ」

「そうね」

鵜ノ島へ視線を遊ばせながら、

「だったら山中湖《やまなかこ》か……それともずっと足をのばして、二人で下部《しもべ》温泉まで行っちゃわない」

公二の表情に卑屈なものが走った。

「あたしね、家を出ることにしたのよ。弟が結婚するんで……この際、私も自由に生きることにしたの。親に縛られていつまでも窮屈に暮すの、もう真っ平よ」

ベンチに腰を下ろし、ネッカチーフで髪を包みながら、なんでもないことのように和代はきり出した。

「だから、あたし、自由なのよ。家へお金を入れる必要もなくなったし、そのつもりになれば家庭だって持てるのよ」

「和代さん……」

公二は遮った。とってつけたように、

「そりゃあ……気楽だな」

と言う。

「女はいいよ。その点、僕なんかつらい立場さ」

背をむけて、十円玉を入れなければ見えもしない望遠鏡をのぞいてみたりする。

「僕、東京を引き払うようになると思うよ」

「えっ」

ネッカチーフの結び目から手がはなれた。

「引き払うって……」

「親父とお袋が、そう言うんだ、こっちへ帰って来なけりゃあ、金を送らないって……俺、上は女ばかりの末っ子で長男だろう、親たちも甘やかして、のんきにしてたんだけど、姉たちがばたばた結婚しはじめたんで心細くなりゃあがったんだな。こっちへ来て店の経営を手伝えって強引なんだよ」

「それで、あんた、画《え》はどうするつもり」

「田舎じゃどうにもならない。とにかく一応は親のいう通りにして、又、逃げ出すチャンスをみつけるさ」

望遠鏡からはなれて、公二は和代の隣のベンチへどさりと腰をかけた。

「私の月給で、二人なら、なんとか暮せるんじゃない。それでも私、いいけど……」

「冗談じゃないよ」

吐き出すような公二の口ぶりだった。

「これでも男のはしくれだぜ。女に養われてまで都会生活はしたくない……それじゃ、俺がみじめすぎるよ」

「だって……」

突然、和代は涙をあふれさせた。自分で自分の感情が制御出来ない。

「あたし……結婚してもいいと思ったのよ」

泣きながら、和代はうめくように言った。

「和代さん、あんたのような人がそんなことを言うなんて……あんた、どうかしているよ」

低く、公二はコンクリートの地面へ呟《つぶや》いた。

「考えてごらん。今、僕と結婚したら、どうなる。両親の反対はなんとか押し切ったとして、最終的には僕は長男なんだ。河口湖へ帰って店をやることになる。君は東京に住んで君の月給で生活が出来ると言いたいだろうが、それは、僕は御免だ。君は君を働かせて、夫たる男がいい仕事なんか出来る筈《はず》はないんだ。とすると、やっぱりこっちで店をやるしかない。君は九鬼真珠店をやめなけりゃならないんだぜ」

風が流れた。山の秋の匂いがする。

湖畔でもすすきの穂が大きく揺れている。

「もったいないじゃないか……君は技術者なんだ。長い間の経験と苦労が作りあげた自分の技術を、君はもっと大事にすべきだよ。こんな山の中のガソリンスタンドや食堂のかみさんになって、姑《しゅうと》たちの機嫌に気をつかったり、大勢の僕の姉たちとのつきあいに苦労したり……君はそんなことをするべき人じゃないんだ。そんな君をみるなんて、僕には耐えられないよ」

目の下をケーブルが何度も往復していた。二、三人の客をのせ、上っては、又、下る。和代たちのように何十分もこの展望台にいる客はなかった。

「それに……僕はいずれ又、東京へとび出してなんとかやって行く気があるんだ。画《え》を捨てるわけじゃない……一匹狼なら、それが出来るが、もし君と結婚して赤ん坊でも生れたら、それこそどうしようもない……僕はまだ三十前なんだぜ。今から家族に縛られるのは、たまらないよ」

「三十前……ね」

和代は気弱く言った。男の二十六歳は、まだこれからだと若さを誇り、女の二十九歳は結婚という巣作りをいそぎだす。

日が西に傾いて、二人は天上山を下りた。

「ホテルへ行くんなら、送って行くよ」

和代は首をふった。

「東京へ帰るわ。こんな山の湖へ一人っきりで泊ったら、死に神に誘われるかも知れないじゃないの。今、死んだら、私、本当に馬鹿みたいだもの……」

河口湖を五時に出る直通新宿行へ和代は乗った。公二は改札口まで見送って、発車を待たずに帰って行った。

旅の車中で日の暮れるのは寂しいものだ。

寂寥《せきりょう》は和代の体中を取り巻いていた。週刊誌も読まず、お茶一杯口にすることも忘れて、和代はぼんやりと窓の外を眺めていた。

新宿は七時十五分だった。

男なら、こういう場合にはどこへ行って寂しさから逃避するのだろうか。一人でバアのドアをおす勇気が、和代にはなかった。

再び、中央線を逆戻りして、馴《な》れた駅の階段を下りて行く自分が悲しいより、腹立たしかった。

「おや、どうしたの」

玄関で母が怪訝《けげん》な顔をした。今度の旅は二泊だと言ってある。

「友達が急に行かれなくなってね。デパートをほっつき歩いて、映画をみて来たわ」

そのくらいの時間で河口湖まで行って来たのだという想いが、和代を捕えた。

残りもので食事をし、風呂《ふろ》へ入って二階へ上がる。いつもと同じ行動を、無意識にやっている。習慣とは嫌なものだと、和代は思った。

高志はまだ帰宅していない。

ひどく疲れていた。心が疲れているのだと和代は年寄りじみた表情で考えた。

布団を敷いていると、母がそっと入って来た。昼間、クリーニング屋が来たのだそうで、頼んでおいた夏のワンピースとツーピース二枚が仕上がって来ていた。

「あ、いくらだった……？」

母は勘定書の数字を言った。財布を出して金を渡しても母は、なんとなくもじもじしている。天気のことを話したり、台風のそれたニュースを喋《しゃべ》っていて立ちたがらない。

「母さん、今月のお金だったら、今日休んじゃったから、月曜日でないと月給もらえないのよ」

今日が月給日であることに気がついて、和代は言った。

「ううん、そうじゃないんだけどね……」

母は言いにくそうに、うつむいたが、

「昨夜ね、高志が言うんだよ、別居するようになってからも、あんたに、一万円くらいはここの家へ入れてもらうように頼んでみろって……」

黙っている和代へ、気がねそうな目を向けて、

「なにしろ、あの子も薄給なもんで、大変らしいんでね。お父様はどうせ私たちが死んでしまえば、この家と土地なんかは和代にも相続がいくんだからって……」

なにか言いかけて和代は止めた。

「いいわ。考えておくわ。一万円くらいならば……」

母が階下へ去ったあと、和代は布団の上に坐《すわ》り込《こ》んだ。親の家に居て、自分が一人きりだという想いをこれほど強く感じたことはなかった。

加茂百世の声が浮かんだ。

(人にしてやれるってことは幸せよ。まあ、生甲斐《いきがい》だわね)

してもらうより、してやったほうがいいと言った百世の言葉を、和代はぼんやりと思い出した。百世のような百万長者ではなし、じぶんがそんなのんきな境遇ではないと舌うちしながら、結局、してやれるだけはしてやるようになると、和代は自分を予想した。

「そんなふうになってるのよ、私って女は……」

両親にも、弟に対しても、播田公二とのことにしても、

「私が、お人好《ひとよ》しってことだわ」

仕方がないのだと自分を慰めながら、和代は身のまわりを眺めまわした。

虚《うつ》ろな、空しい風が心のどこかで、いつまでも吹いている。

解説

伊東昌輝

本書に収録された十篇の作品は、昭和三十五年から昭和四十四年の約十年間に書かれたもので、作者である平岩弓枝にとっては、これらはごく初期の作品の部類に属する。

平岩は昭和三十四年の夏「鏨師《たがねし》」によって第四十一回直木賞を受賞し、初めて作家の道を歩みはじめたのであって、それ以前は、ほとんど小説らしい小説を書いていない。せいぜい、「つんぼ」「女の法案」「神楽師《かぐらし》」くらいのもので、これらは力作ではあるが、けっしてプロの作品として通用するほどのものではない。

しかし、たまたま「鏨師」という好短篇を書きそれが幸運にもたった一度のエントリーで直木賞を受賞するや、それがきっかけで彼女は大きく一変した。つまりプロになったのだ。その変りかたに恩師の長谷川伸、戸川幸夫氏をはじめとして周囲の者はみな吃驚《びっくり》したのだが、では、どう変ったのかというその答えが、この本書に収められた作品群である。

平岩は女性を描くことで定評があるが、本書にはいろいろな形の女性像と、その恋が語られている。主人公たちはいずれも作者と同年代の三十歳前後であり、まだ、成熟しきった女性の恋というよりは、幼なさや純粋さの匂うそれである。

これらの作品が書かれた昭和三十五年から昭和四十四年までに、作者である平岩弓枝の身の上にいったいどんなことが起っていたか、参考までにご紹介すると、前の年に直木賞を受賞したことは前に述べたが、次の年には結婚にゴールインし、その翌年長女が誕生し、次の次の年、つまり昭和三十八年に恩師長谷川伸が死去。昭和三十九年、幡ヶ谷から代々木に転居。昭和四十年、「女と味噌汁《みそしる》」でテレビ界に進出。昭和四十一年、次女誕生。昭和四十二年、NHK朝の連続テレビ小説「旅路」が好評で、テレビ脚本家としての地位を確保し、翌昭和四十三年、歌舞伎座で中村勘三郎主演のもとに演じられた戯曲「かみなり」がやはり好評で、演劇の世界にも進出することになる。昭和四十四年には月刊誌に九本の短篇小説を発表し、新聞と週刊誌にそれぞれ一本ずつの連載小説を書き、さらに、大劇場で二本の脚本が上演され、テレビにも連続ドラマを執筆するという売れっ子ぶりになった。

昭和三十四年の直木賞受賞後の十年間が、平岩弓枝の人生にとって、いかに大事なものであり、変化に富むものであったかがこれでお分かりいただけると思う。

ほとんど作品らしい作品も書かないうちに、作家としてはずぶの素人《しろうと》に近い娘が、当時、有吉佐和子、曾野綾子《そのあやこ》の両女史によってひき起こされた才女ブームの波に乗せられ、わずか二十七歳でプロの厳しい道を歩かなければならなくなった。それだけでも大変なことなのに、結婚、出産、転居、恩師の死など、人生の荒波をよくぞのり切ったと感歎《かんたん》せざるをえない。

しかも、作家として階段を一段一段確実に登りつめ、作品の質量ともに充実していったのだから驚きである。

平岩はいわゆる私小説作家ではないので、本書の作品の内容も、平岩の人生そのものではない。しかし、それでは作者の人生となんの関係もないかというと、けっしてそんなことはなく、やはり密接なかかわり合いがあるのだ。たとえば、作中、幡ヶ谷の地名がしばしば登場するが、此処《ここ》は、彼女が結婚して初めて新居をもったところだし、草津温泉や日本平の苺《いちご》畑などは、シーズンになると、家族と共にしばしば訪ねたところだ。

「見合旅行」の舞台となっている花柳界は、作者が日本舞踊の名取りであり、一緒に稽古《けいこ》をした仲間に新橋、柳橋界隈《かいわい》の芸者衆が何人もいたので、その方面から得たネタである。「わかれる」は病院が舞台であり、主人公は付添看護師だが、これは昭和三十八年に恩師長谷川伸が一月に重体で聖路加病院に入院し六月に歿《なくな》るまで、ほとんど毎日のように病院に通って、恩師の看護をしたので、その時の体験や見聞が物語を創作する上で大いに役にたった。

　このように見てくると、平岩弓枝という作家は一見ひじょうな幸運の星のもとに生まれたようにも思えるが、仔細《しさい》にその生き方を点検してみると、幸運に恵まれたというよりは、希《まれ》にみる根性の持ち主であり、困難を自分の栄養にして成長する術を心得た女性であることが明瞭《めいりょう》となる。しかし、本人はそんなことはおくびにもださず、

「みんな、八幡《はちまん》さまと、父がつけてくれた名前のおかげよ」

と笑っている。

　ちなみに、彼女の生家は明治神宮の氏神として知られる代々木八幡宮であり、父はその神社の宮司なのである。

単行本　東京文藝社、昭和四十九年四月三十日初版
（『十二年目の初恋』昭和四十四年十月二十五日初版を改題）
文庫　角川文庫、昭和六十二年五月十日初版
本書は右記角川文庫を改版したものです。

湯《ゆ》の宿《やど》の女《おんな》
新装版《しんそうばん》
平岩弓枝《ひらいわゆみえ》

昭和62年 5月10日　初版発行
平成23年 4月25日　改版初版発行
令和 6 年 10月30日　改版6版発行

発行者●山下直久

発行●株式会社KADOKAWA
〒102-8177　東京都千代田区富士見2-13-3
電話　0570-002-301（ナビダイヤル）

角川文庫 16789

印刷所●株式会社KADOKAWA
製本所●株式会社KADOKAWA

表紙画●和田三造

●お問い合わせ
https://www.kadokawa.co.jp/（「お問い合わせ」へお進みください）
※内容によっては、お答えできない場合があります。
※サポートは日本国内のみとさせていただきます。
※Japanese text only

ISBN978-4-04-163020-4　C0193

角川文庫発刊に際して

角川源義

第二次世界大戦の敗北は、軍事力の敗北であった以上に、私たちの若い文化力の敗退であった。私たちの文化が戦争に対して如何に無力であり、単なるあだ花に過ぎなかったかを、私たちは身を以て体験し痛感した。西洋近代文化の摂取にとって、明治以後八十年の歳月は決して短かすぎたとは言えない。にもかかわらず、近代文化の伝統を確立し、自由な批判と柔軟な良識に富む文化層として自らを形成することに私たちは失敗して来た。そしてこれは、各層への文化の普及滲透を任務とする出版人の責任でもあった。

一九四五年以来、私たちは再び振出しに戻り、第一歩から踏み出すことを余儀なくされた。これは大きな不幸ではあるが、反面、これまでの混沌・未熟・歪曲の中にあった我が国の文化に秩序と確たる基礎を齎らすためには絶好の機会でもある。角川書店は、このような祖国の文化的危機にあたり、微力をも顧みず再建の礎石たるべき抱負と決意とをもって出発したが、ここに創立以来の念願を果すべく角川文庫を発刊する。これまで刊行されたあらゆる全集叢書文庫類の長所と短所とを検討し、古今東西の不朽の典籍を、良心的編集のもとに、廉価に、そして書架にふさわしい美本として、多くのひとびとに提供しようとする。しかし私たちは徒らに百科全書的な知識のジレッタントを作ることを目的とせず、あくまで祖国の文化に秩序と再建への道を示し、この文庫を角川書店の栄ある事業として、今後永久に継続発展せしめ、学芸と教養との殿堂として大成せんことを期したい。多くの読書子の愛情ある忠言と支持とによって、この希望と抱負とを完遂せしめられんことを願う。

一九四九年五月三日

角川文庫ベストセラー

黒い扇(上)(下) 新装版　平岩弓枝

日本舞踊茜流家元、茜ますみの周辺で起きた3つの不審な死。茜ますみの弟子で、銀座の料亭の娘・八千代は、師匠に原因があると睨み、恋人と共に、華麗な世界の裏に潜む「黒い扇」の謎に迫る。傑作ミステリ。

ちっちゃなかみさん 新装版　平岩弓枝

向島で三代続いた料理屋の一人娘・お京も二十歳、数々の縁談が舞い込むが心に決めた相手がいた。相手はかつぎ豆腐売りの信吉。驚く親たちだったが、なんと信吉から断わられ……豊かな江戸人情を描く計10編。

密通 新装版　平岩弓枝

若き日、嫂と犯した密通の古傷が、名を成した今も自分を苦しめる。驕慢な心は、ついに妻を験そうとするが……表題作「密通」のほか、男女の揺れる想いや江戸の人情を細やかに描いた珠玉の時代小説8作品。

江戸の娘 新装版　平岩弓枝

花の季節、花見客を乗せた乗合船で、料亭の蔵前小町と旗本の次男坊は出会った。幕末、時代の荒波が、恋に落ちた二人をのみ込んでいく……「御宿かわせみ」の原点ともいうべき表題作をはじめ、計7編を収録。

千姫様　平岩弓枝

家康の継嗣・秀忠と、信長の姪・江与の間に生まれた千姫は、政略により幼くして豊臣秀頼に嫁ぐが、18の春、祖父の大坂総攻撃で城を逃れた。千姫第二の人生の始まりだった。その情熱溢れる生涯を描く長編小説。

角川文庫ベストセラー

雷桜　宇江佐真理

乳飲み子の頃に何者かにさらわれた庄屋の愛娘・遊（ゆう）。15年の時を経て、遊は、狼女となって帰還した。そして身分違いの恋に落ちるが――。数奇な運命を辿った女性の凛とした生涯を描く、長編時代ロマン。

三日月が円くなるまで　小十郎始末記　宇江佐真理

仙石藩と、隣接する島北藩は、かねてより不仲だった。島北藩江戸屋敷に潜り込み、顔を潰された藩主の汚名を雪ごうとする仙石藩士。小十郎はその助太刀を命じられる。青年武士の江戸の青春を描く時代小説。

通りゃんせ　宇江佐真理

25歳のサラリーマン・大森連は小仏峠の滝で気を失い、天明6年の武蔵国青畑村にタイムスリップ。驚きつつも懸命に生き抜こうとする連と村人たちを飢饉が襲い……時代を超えた感動の歴史長編！

夕映え（上）（下）　宇江佐真理

江戸の本所で「福助」という縄暖簾の見世を営む女将のおあきと弘蔵夫婦。心配の種は、武士に憧れ、職の落ち着かない息子、良助のことだった…。幕末の世、市井に生きる者の人情と人生を描いた長編時代小説！

昨日みた夢　口入れ屋おふく　宇江佐真理

逐電した夫への未練を断ち切れず、実家の口入れ屋「きまり屋」に出戻ったおふく。働き者で気立てのよいおふくは、駆り出される奉公先で目にする人生模様から、一筋縄ではいかない人の世を学んでいく――。

角川文庫ベストセラー

大奥華伝

平岩弓枝・永井路子・松本清張・山田風太郎他
編／縄田一男

杉本苑子「春日局」、海音寺潮五郎「お万の方旋風」「矢島の局の明暗」、山田風太郎「元禄おさめの方」、平岩弓枝「絵島の恋」、笹沢左保「女人は二度死ぬ」、松本清張「天保の初もの」、永井路子「天璋院」を収録。

吉原花魁

宇江佐真理・平岩弓枝・藤沢周平 他
編／縄田一男

苦界に生きた女たちの悲哀を描く時代小説アンソロジー。隆慶一郎、平岩弓枝、宇江佐真理、杉本章子、南原幹雄、山田風太郎、藤沢周平、松井今朝子の名手8人による豪華共演。縄田一男による編、解説で贈る。

春はやて
時代小説アンソロジー

平岩弓枝、藤原緋沙子、柴田錬三郎、野村胡堂、岡本綺堂
編／縄田一男

幼馴染みのおまつとの約束をたがえ、奉公先の婿となり主人に収まった吉兵衛は、義母の苛烈な皮肉を浴びる日々だったが、おまつが聖坂下で女郎に身を落としていると知り……（「夜明けの雨」）。他4編を収録。

夏しぐれ
時代小説アンソロジー

平岩弓枝、藤原緋沙子、諸田玲子、横溝正史、柴田錬三郎
編／縄田一男

夏の神事、二十六夜待で目白不動に籠もった俳諧師が死んだ。不審を覚えた東吾が探ると……。『御宿かわせみ』からの平岩弓枝作品や、藤原緋沙子、諸田玲子など、江戸の夏を彩る珠玉の時代小説アンソロジー！

秋びより
時代小説アンソロジー

池波正太郎、藤原緋沙子、岡本綺堂、岩井三四二、佐江衆一
編／縄田一男

池波正太郎、藤原緋沙子、岡本綺堂、岩井三四二、佐江衆一……江戸の「秋」をテーマに、人気作家の時代小説短篇を集めました。縄田一男さんを編者とした大好評時代小説アンソロジー第3弾！